언젠가
달릴 수 없게 된다
해도

내가 나를 놓지 않는
방식에 대하여

언젠가
달릴 수 없게 된다

해도

안정은 에세이

Even if i can't run someday

애플북스

"그 한 발자국이, 너를 여기까지 데려왔어"

Even if i can't run someday

Part 1

"달리기는

내가 나를 놓지 않는
방식이다"

달리기는
나의 유일한 생존 방식 。

그때 나는 달리기를 '좋아서' 시작하지 않았다. 운동이 하고 싶어서도 아니고, 건강을 챙겨야겠다는 멋진 결심이 있어서도 아니었다. 지금 돌아보면 조금 민망할 정도로 솔직한 이유다. 도망치고 싶어서. 정확히는, 도망치지 않으면 내가 나를 삼켜 버릴 것 같아서.

　　나는 원래 컴퓨터공학을 전공했고, 개발자가 됐다. 남들은 "요즘 같은 시대에 잘됐다."고 했고, 나도 고개를 끄덕였다. 그런데 내가 매일 마주한 건 코드보다 더 복잡한 내 마음이었다. 화면 속에서 로직을 정리하면 뭐든 깔끔해질 줄 알았는데, 정작 내 안은 정리되지 않았다. 일이 싫다기보다 그 일을 하는 내가 낯설었다. 출근길이 매일 조금씩 무거워졌고, 퇴근길엔 '내가 오늘 뭘 했지?'라는 질문만 남았다.

결국 6개월 만에 그만뒀다. 그리고 그간 모아둔 돈을 거의 다 들고 두 달짜리 유럽 여행을 떠났다. 지금 생각하면 그건 여행이라기보다 도망에 가까웠다. '내가 뭘 좋아하는지'를 찾으러 간 게 아니라, '내가 뭘 싫어하는지'를 잠깐 잊으러 간 여행. 그런데 그 유럽 어딘가에서, 정말 뜬금없이 어릴 적 꿈이 다시 떠올랐다. 승무원. 왜 하필 그 꿈이었는지 지금도 정확히는 모르겠다. 다만 기억은 선명하다. 공항의 냄새, 사람들의 설렘, 낯선 언어가 섞여 만들어내는 소음. 그리고 '어딘가로 떠나는 사람들'을 가까이에서 돕는 일. 그때의 내가 어딘가로 떠나고 싶은 사람이었으니까, 그 세계가 더 강하게 끌렸는지도 모른다.

한국으로 돌아오자마자 결심했다. 승무원이 되겠다. 그리고 그 뒤로 1년은 거의 군대처럼 살았다. 매일 아침 5시에 일어났다. 정확히는 알람이 울리기 전에 눈이 떠졌다. 간절한 사람의 몸은 늘 먼저 깨어난다. 해외에서 살아보고 싶은 마음에 영어와 중국어 공부를 했고, 거울을 보며 미소 짓는 연습을 했다. 웃는 얼굴이 '예쁜 표정'이 아니라 '믿을 만한 표정'이 되어야 한다고 생각했다. 구두를 신고 걷는 연습도 했다. 발목이 아파도 물집이 잡혀도 허리를 곳곳이 세워 걸었다. 면접 준비는 말할 것도 없었다. 예상 질문을 수십 번 돌려 대답했고, 목소리 톤을 체크했고, 손동작을 정리했고, '나'라는 사람을 한 문장으로 설명하는 연습을 했다. 다이어트도 했다. 몸이 가벼워지면 인생도 가벼워질 거라고 믿었던 시절이었다.

그렇게 정말 간절히 원하던 끝에, 중국 항공사 합격 통보를 받았다. 그 순간은… 어떤 말로도 설명이 잘 안 된다. 세상이 잠깐 멈춘 것 같았다. '드디어' 처음으로 내 삶의 방향을 내 손으로 잡았다는 느낌이 들었다. 1년 동안의 새벽이 한 번에 보상받는 것 같았다. 나는 그때 진심으로 생각했다. 이제 다 끝났다. 이제는 시작만 남았다. 그런데 정말 이상하게도, 그게 끝이었다.

비자가 나오지 않았다. 사드 배치 때문에 비자 발급이 막혔다. 나와 같은 합격생들이 '대기'라는 단어 앞에 줄 서게 됐다. 일주일에 2~3명씩, 아주 조금씩 비자가 나왔다. 먼저 비자를 받은 사람은 떠났고, 아직인 사람은 남았다. 남아 있는 사람들의 시간은 계속 같은 날에 머물렀다. 처음엔 괜찮았다. '조금 늦는 거겠지.' '나는 준비가 되어 있으니, 언젠가 나오겠지.' 하지만 기다림은 오래될수록 모양이 바뀐다. 기다림은 희망이 아니라 의심이 된다. '혹시 내가 문제인가?' '왜 나는 아직이지?' '나만 빼고 다 되는 거 아니야?' 그리고 그 의심은 현실이 됐다. 2년을 기다린 끝에, 한국인 합격생 200명 중 199명은 비자를 받았다. 나머지 한 명만 비자를 받지 못했다. 그 한 명이 바로 나였다.

이 문장을 쓰는 지금도, 그 숫자가 아직도 내 몸 어딘가를 찌른다. 200명 중 1명. 그 1명이 되면, 세상은 갑자기 조용해진다. 내 주변에 사람들이 있어도 나는 혼자 남는다. 아무것도 잘못하지 않았는데도 나는 '제외된 사람'이 된다. 살아 있는 감각이 너무 불편했다. 아침이 오면 또 하루를 살아야 했다. 근데 나는 그 하루를 어떻게 살아야 할지 몰랐다. 누군가는 "다른 길도 있잖아"라고 말했고, 누군가는 "시간이 해결해 줄 거야"라고 말했고, 누군가는 "너는 잘될 거야"라고 말했다. 또 누군가는 "합격한 거 거짓말이지?"라고 말했고, 또 다른 누군가는 "사기당한 거 아니니?"라고 말했다.

그때의 고통은 실패와는 좀 달랐다. 실패는 그래도 내가 뭘 못해서 생기는 일이다. 그런데 이건 내가 아무리 열심히 해도,

아무리 간절해도, 내가 손을 뻗을 수 없는 곳에서 내 인생이 막히는 느낌이었다. 문 앞까지 다 와서 문고리에 손까지 올렸는데, 문이 안 열리는 게 아니라 문 자체가 없어진 기분. 세상에서 딱 한 명만 제외됐다는 사실이 날 더 조용하게 만들었다. 크게 울지도 못했다. 크게 화내지도 못했다. 일어설 힘도 없이 그냥 조용히 무너졌다.

사람들 앞에서는 웃고, 집에 오면 침대에 누워 숨이 막혔다. '내가 뭘 잘못했지?', '왜 하필 나지?' 그 질문이 머릿속에서 멈추지 않았다. '과거의 내가 화단에 쓰레기를 버린 탓인가?', '이른 새벽에 집 앞 횡단보도에서 무단횡단을 한 탓인가?'까지도 생각했다. 그때 나는 달리기를 시작했다. 좋아서가 아니었다. 운동해야겠다, 건강 챙겨야겠다, 그런 멋진 이유가 아니었다. 도망치기 위해서였다. 정확히는, 가만히 있으면 내 마음이 나를 잡아먹을 것 같아서. 움직이지 않으면 하루를 견딜 자신이 없어서. 숨을 쉴 방법이 필요했다. 그때 내가 찾은 방법이 달리기였다.

처음 뛰던 날을 아직 기억한다. 날씨가 어땠는지, 무슨 옷을 입었는지까지는 잘 기억 안 나지만, 몸에서 올라오던 감각은 선명하다. 첫 몇 분은 정말 지옥 같았다. 폐가 뜨거웠고, 심장은 너무 크게 뛰었고, 다리가 무거웠다. 머릿속에서는 '이걸 왜 해'라는 목소리가 계속 올라왔다. 그런데 이상하게도 그 고통이 싫지 않았다. 그 고통은 설명할 수 있었기 때문이다. 그때까지 내 고통에는 이름이 없었다. "왜 이렇게 힘들지"라고 말할 수도 없고, "어디가 아프다"라고 손으로 짚을 수도 없었다. 그냥 마음 전체가 무겁고, 이유 없이 가라앉고, 자기 자신의 존재가치마저 싫어지는 종류의 고통. 그 고통은 내 몸을 망가뜨리면서도 아무 증거를 남기지 않았다. 내 고통은 내 안에만 있고, 겉으로는 보이지 않아서 더 무서웠다.

그런데 달리기는 달랐다. 숨이 차면 숨이 찼고, 다리가 아프면 다리가 아팠다. 고통이 마음에서 몸으로 내려오는 순간, 나는 처음으로 '내가 여기 있다'는 감각을 얻었다. 달리기는 문제를 해결해 주지 않았다. 비자가 나오게 해 주지도 않았고, 내 인생의 멈춤을 되돌리지도 않았다. 하지만 달리기는 한 가지를 해 줬다. 하루를 통과하게 해 줬다. 그때의 나는 미래가 필요하지 않았다. 오늘이 필요했다. 오늘 하루를 어떻게든 넘기는 방법. 오늘 밤을 무너지지 않고 지나가는 방법. 내가 필요했던 건 큰 위로가 아니라 작은 숨이었고, 달리기는 그걸 줬다.

숨이 차오르는 동안엔 생각이 잠깐 멈추고, 땀이 흐르는 동안엔 마음도 잠깐 풀렸다. 달리고 난 후에도 세상은 여전히 똑같지만, 마음의 무게가 잠깐 가벼워졌다. 비자는 여전히 없고, 내 인생은 여전히 멈춰 있는데도, 내 몸에서 땀이 식어갈 때만큼은 '그래도 오늘은 살았다'는 느낌이 왔다. 그게 달리기의 잔인한 위로였다. 문제가 해결되지 않아도 사람은 잠깐 숨을 쉴 수 있다는 사실. 살아남기 위해 필요한 건 '해결'이 아니라 '호흡'일 때가 있다는 사실. 그 도망이 나를 다시 숨 쉬게 만들었다. 그리고 숨을 쉬는 사람은, 결국 다시 한 발을 내딛는다.

그때 나는 달리기를 배운 게 아니라 살아남는 법을 배웠다. 누군가는 달리기를 취미라고 부른다. 누군가는 달리기를 건강이라고 부른다. 그 말들도 맞다. 하지만 내게 달리기는 한동안 회피였다. 우울을 정면으로 보기엔 너무 아팠고, 내가 '제외된 1명'이라는 사실은 받아들이기에 너무 차가웠고, 그때의 나는 너무나 어리고 연약했다. 하루를 가만히 앉아서 보내기엔 내가 나를 너무 미워하게 될 것 같아서, 그래서 나는 뛰었다. 살아남기 위해 뛰었다. 숨 쉬기 위해 뛰었다. 도망치기 위해 뛰었고, 그 도망이 나를 다시 살렸다.

지금의 나는 안다. 달리기는 문제를 해결해 주지 않는다. 비자도, 취업도, 타이틀, 관계도 달리기가 대신 만들어 주지 않는다. 하지만 달리기는 한 가지를 해 준다. 나를 오늘로 데려온다. 오늘의 바람을 느끼게 하고, 오늘의 심장 소리를 듣게 하고, 오늘의 다리를 움직이게 한다. 우울은 늘 나를 과거에 묶거나 미래로 끌고 가는데, 달리기는 자꾸 "지금"으로 나를 끌어당긴다.

나는 여전히 도망치기 위해 달린다. 그런데 이제는 안다. 내가 도망치는 게 부끄러운 일이 아니라는 걸. 아이러니하게도, 도망치려고 뛰었던 그 길이 결국 나를 다시 길 위로 데려다 줬다. 사람은 누구나, 어떤 방식으로든 살아남는다. 달리기든, 등산이든, 그림이든, 무엇이든 좋다. 중요한 건 단 하나다. 내가 무너질 때 나를 밖으로 꺼내 주는 '어딘가'가 있다는 것. 내 마음의 방에서 문이 잠겨버리기 전에, 손이 닿는 손잡이 하나쯤은 있어야 한다. 나는 믿는다. 그때 내가 달리지 않았다면, 나는 아마 훨씬 오래 내 마음의 방 안에 갇혀 있었을 거라고. 그래서 그 시절의 나에게 하고 싶은 말은 딱 하나다.

"그 한 발자국이, 너를 여기까지 데려왔어."

놓지 않는 방식이다"

시작은 거창한 결심이 아니라,
묶이는 끈 하나였다。

새벽은 늘 약간의 죄책감 같은 얼굴을 하고 있다. 어쩐지 내가
이 시간에 깨어 있는 게 대단해서가 아니라, 뭔가를 회피하고
있는 사람처럼 느껴지게 만든다. 그 당시에는 오늘을 살아내
기 위한 '회피'에 가깝기도 했다. 세상이 고요할수록 내 마음은
더 크게 울린다. 그리고 그 울림을 잠재우려, 나는 또 습관처럼
현관으로 간다. 거실 불은 켜지 않는다. 불을 켜는 순간 가족들
이 깰까 봐 걱정되는 것도 있지만 '그래, 너는 지금부터 운동
하는 사람이야'라고 스스로에게 선언하는 것 같아서 부담스럽
다. 아직은 그 말이 어울리지 않는다. 새벽에 몰래 도망치는 몰
골에 가깝다. 나는 늘 '운동하는 사람'이라기보다 '운동하려다

가 망설이는 사람'에 더 가까웠다. 결심과 포기 사이, 자존심과
현실 사이. 딱 그 중간에 걸친 얼굴.

바닥에 놓인 운동화는 밤새 조용히 숨을 쉬고 있었다. 한쪽
은 살짝 비스듬히, 다른 한쪽은 똑바로. 나는 그 모습을 볼 때
마다 웃음이 난다. 사람도 그렇지 않나. 어떤 날은 똑바르고,
어떤 날은 비스듬하고. 그래도 결국은 한 쌍으로 하루를 걷는
다. 나는 무릎을 굽혀 운동화를 집어 들었다. 고무 냄새, 땀 냄
새, 그리고 전날의 바람 냄새가 희미하게 남아 있었다. 운동화
에는 늘 '어제'가 남아 있다. 발을 넣는다. 그 순간이 제일 이상
하다. 마치 내 안의 어떤 버튼이 눌리는 느낌. "이제 너는 집 안
사람이 아니라, 바깥 사람이야." 발뒤꿈치를 꾹 눌러 넣고, 손
으로 혀를 당겨 올린다. 그리고 마지막으로 끈을 잡는다.

운동화 끈은 늘 작은 거짓말 같다고 생각했다. 처음부터 단
단하게 묶이지 않는다. 손가락에 힘을 줘도, 매듭은 한 번에 예
쁘게 나오지 않는다. 한쪽이 길고 한쪽이 짧고, 리본은 비틀리
고 마음도 같이 삐끗한다. 그래도 또 묶는다. 묶고, 풀고, 다시
묶는다. 이게 꼭 인생 같다. 한 번에 제대로 살 수 없는 것들.
한 번에 제대로 마음먹을 수 없는 것들. 처음부터 능숙한 사람
은 없는데 우리는 늘 스스로에게 능숙함을 요구한다. 나는 끈

을 묶다가 멈췄다. 손가락 끝이 차가웠다. 어쩌면 몸이 아니라 마음이 차가운 걸지도 몰랐다.

끈을 다시 잡았다. 이상하게도, 묶는 이 동작이 나를 구했다. 달리는 건 아직 내게 익숙하지도 않고 먼 일이다. 밖으로 나가는 건 아직 무섭다. 하지만 끈을 묶는 것은 지금 당장 할 수 있었다. 끈을 당긴다. 그 순간, 운동화가 내 발을 잡는다. 발이 잡히는 느낌이 싫지 않다. 오히려 안심이 된다.

"그래, 너 오늘은 어디든 갈 수 있어."

누가 말해준 것도 아닌데, 나는 그렇게 들었다. 문을 연다. 바람이 내 뺨을 한 번 훑는다. 새벽의 바람은 늘 솔직하다. 춥고 어둡다. "그래도 나왔네."

러너들끼리는 이런 말을 한다.

"방에서 현관까지 가는 길이 가장 멀다."

현관문만 열면 반은 성공이라는 뜻이다. 웃기지 않나. 10km를 뛰는 사람도, 3km를 뛰는 사람도, 결국 제일 힘든 건 현관문이다. 현관문은 늘 "나가도 되겠어?"라고 묻는다. 그 질문이 무서울 때가 많다. 내 체력보다, 내 의지보다, 내 자존심이 더 무거울 때.

바람은 칭찬도 비난도 하지 않는다. 그저 사실만 말한다. 그래서 좋다. 사람의 말은 가끔 과장되고, 상처가 되고, 변명이 되지만, 바람은 있는 그대로 지나간다. 나는 첫발을 내딛는다. 딱 그 순간, 도시가 소리를 내기 시작한다. 멀리서 차 한 대가 지나가는 소리, 가로등 아래에서 전깃줄이 미세하게 떨리는 소리, 어디선가 문이 닫히는 소리. 그 모든 소리가 "너는 지금 살아 있구나"라고 말하는 것만 같다. 그리고 나는 안다. 달리기는 '발로 하는 운동'이 아니라는 걸. 달리기는 표정으로 시작한다. 조금 주저하고, 조금 불안하고, 조금 부끄럽지만 그 표정이 바로 시작의 표정이다.

나는 달릴 때 늘 나와 협상을 한다. '오늘은 20분만.' '신호등까지.' '저 나무까지만.' 딱 거기까지만 가면 되는데, 마음은 자꾸만 '끝'을 상상한다. '30분도 못 뛰면 어떡해?' '또 중간에 걸으면 어떡해?' '사람들이 보면 웃지 않을까?' 달리기의 적은 늘 '사람들'이 아니라 '내 머릿속'이다. 첫 1km는 늘 어색하다. 몸이 아니라 마음이 어색한 게 아닐까. 숨이 빨라질 때마다 나는 내가 초라해지는 것 같았다. 그런데 어느 순간부터 깨닫는다. 숨이 찬 얼굴이 초라한 게 아니라, 숨이 찬데도 계속 가는 내 얼굴이 자랑스럽다는 걸.

살아남는 방식은 언제나 우아하진 않다. 때로는 숨차고, 땀나고, 얼굴이 구겨진다. 그래도 그게 살아 있는 표정이다. 나도 처음엔 달리기를 '멋있게' 하고 싶었다. 한 번에 5km, 10km를 끊어내고, 기록을 자랑하고, 사진 속에서 웃고 싶었다. 그런데 삶은 자꾸만 나에게 "멋있게 하지 말고, 솔직하게 해."라고 말하는 것 같았다. 그래서 사실 울면서 달린 적도 적지 않다. 깊은 상처를 나도 모르게 꺼내서 보여주게 만드는 찐친 같다랄까.

그날도, 나는 뛰다 걷다를 반복하며 집 근처를 한 바퀴 돌았다. 시간으로 치면 별거 아니었다. 거리로 치면 누군가에겐 '산책'이었을지도 모른다. 그런데 내 마음은 그날, 아주 조금 달라졌다. 집으로 돌아오는 길, 아파트 현관 앞에서 나는 잠시 멈춰 섰다. 숨이 차서가 아니라 이상하게도 아쉬워서. "어? 나 조금 더 할 수 있었나?" 그 생각이 반짝였다. 이 반짝임이 중요하다. 러닝이 주는 가장 큰 선물은 기록이 아니라, '나는 더 할 수 있다'는 감각이다.

문을 열고 들어오니 집 안은 여전히 따뜻했다. 아까 빠져나가던 냄새들이 다시 나를 감쌌다. 나는 신발을 벗고, 운동화 끈을 천천히 풀었다. 풀면서도 마음 한쪽이 묘하게 가벼웠다. 그제야 알았다. 내가 달리기를 한 이유는 체중을 줄이려고도, 건강해지려고도, 멋있어지려고도 아니었다. 물론 그런 것들이 따라오긴 한다. 하지만 진짜 이유는 따로 있다. 나는 나를 믿고 싶어서 달린다. 봉사활동, 동아리, 대외활동 등 이력서 한 줄로 나를 믿기 위해 밀어붙였지만 사실 믿음은 거창한 일로 생기지 않았다. 믿음은 늘 이렇게 생긴다. 새벽에 조용히, 운동화 끈을 묶는 손으로, 주저하는 표정으로, 그리고 "그래도 나가자"라는 작은 선택으로.

만약 지금 이 글을 읽고 있는 당신이 달리기를 해 본 적이 없거나, 한 번 해 보다가 포기했거나, 운동화가 어딘가에 방치된 채 먼지만 쌓이고 있다면, 이렇게 말하고 싶다. 뛰지 말고 끈만 묶어볼 것. 묶는 순간 이미 반쯤 달리고 있지 않을까. 그리고 그 표정. 운동화 끈을 묶는 사람의 그 표정은 이미 당신이 다시 시작할 수 있는 사람이라는 증거다.

10km 기록 단축을 위한
가장 쉬운 방법 。

육상선수 출신 친구에게 물었다.

"10km 기록 단축하려면 뭐부터 해야 해?"

처음 달리기에 입문하면 너도나도 PB(Personal Best, 개인 최고 기록) 달성에 푹 빠진다. PB. 그 두 글자만큼 빠르게 심장을 뛰게 하는 단어가 또 있을까. 처음엔 1초만 줄어도 세상이 환해지고, 기록을 갱신하는 날엔 괜히 샤워하면서도 혼자 웃는다. 세상이 나를 중심으로 돌아가는 것 같다. 물론 빨라질수록 PB에 점점 인색해진다. 예전엔 '조금만' 뛰면 주던 선물을, 어느 순간부터는 "증명해 봐." 하고 팔짱을 낀다.

"10km 잘 뛰고 싶으면 12km를 달려."

나는 잠깐 멈칫했다. "어떻게?" "페이스는?" "목표 심박은?" "쉬는 날은?" 친구는 내 질문들을 다 지나치고, 다시 한번 똑같은 말을 했다. "그냥 12km만. 속도 상관없이." 그 말이 너무 단순해서 오히려 의심이 났다. 단순한 방법은 쉽게 믿기 어렵다. 왠지 어려운 걸 해야 결과가 나올 것 같으니까. 그래도 나는 그 단순함에 걸어 보기로 했다. 이유는 간단했다. 복잡한 건 내 성격상 한 달을 못 버티는데, '그냥 12km'는… 왠지 버틸 수 있을 것 같았다. 그리고 나는 일주일에 세 번, 12km를 달렸다. 정말로 속도는 신경 쓰지 않았다.

속도를 안 보려니 마음이 자꾸 허전해졌다. '나 지금 잘하고 있나?' '이렇게 달리는 게 맞나?' 기록 욕심이 없다고 생각했던 내 안에도 인정받고 싶은 마음이 꽤 깊이 들어앉아 있다는 걸 그때 알았다. 그래도 계속했다. 정확히는 계속할 수밖에 없었다. 왜냐하면 그 훈련은 '열심히'보다 '꾸준히'에 가까웠고, 꾸준함은 사람을 속이지 않기 때문이다.

12km를 달리면 마지막 2km는 늘 다른 얼굴을 한다. 몸이 갑자기 솔직해진다. 종아리 안쪽이 조금 당기고, 발바닥이 땅을 치는 소리가 달라지고, 숨이 짧아진다. 그때 내 마음이 속삭

인다. '여기가 10km였으면 끝났을 텐데.' 맞다. 10km를 목표로 삼는 사람에게, 마지막 2km는 늘 '초과'다. 하지만 그 초과가 중요한 거였다. 그 초과가 몸을 바꾸고, 마음을 바꾸고, 결국 결과를 바꾼다.

한 달이 지나고, 나는 다시 10km 마라톤 대회를 뛰었다. 그리고 정말로 44분이 나왔다. 나도 놀랐다. 44분이라는 숫자에 감동한 게 아니라, 그 숫자가 내게 말하는 방식에 놀랐다.

"봐. 네가 한 '초과'는 사라지지 않아."

그제야 알았다. 10km를 44분에 뛰게 만든 건 몸에 익힌, 10km를 넘어서는 시간이란 걸. 그 경험은 달리기만의 이야기가 아니었다. 나는 그때부터 달리기가 '인생 사용 설명서'처럼 느껴지기 시작했다.

우리는 자꾸 이렇게 산다. "나 이번 시험 100점 받고 싶어." 그래서 100점만큼만 공부한다. 정확히 100점 분량을 찾고, 요점만 외우고, 예상 문제만 풀고, 딱 그만큼만 한다. 하지만 시험지는 늘 예상 밖의 구석을 찌른다. 낯선 문장이 한 줄 끼어들고, 긴장이 한 번 들어오고, 시간이 한 번 모자라면 그 '딱 맞춘 100'은 쉽게 무너진다. 그때 필요한 건 더 똑똑한 비법이 아니라 여유다. 바로 20점짜리 여유. 진짜로 100점을 받고 싶은 사람은 100점만큼 공부하지 않는다. 120점만큼 공부한다. 120을 공부하면 시험장에서 예상치 못한 문제 하나가 와도 몸이 무너지지 않는다. 머리가 하얘져도 다시 돌아올 수 있다. 내가 준비한 것보다 어려워도, '그래도 괜찮아'라는 감각이 있다. 그 감각이 100점을 만든다.

일도 같다. 100의 성과를 얻고 싶다면, 100만큼의 노력으로는 어딘가 모자랄 때가 많다. 일은 시험보다 더 변덕스럽기 때문이다. 상대방이 있고, 변수가 갑자기 튀어나오고, 예상치 못한 전화 한 통이 하루의 흐름을 바꾼다. 그럴 때 100만큼만 준비한 사람은 흔들린다. "이건 내 일이 아닌데." "여기까진 계획에 없었는데." "오늘 하루도 그냥 다 가 버렸네." 그 흔들림이 결국 결과를 깎아먹는다. 하지만 120만큼 준비한 사람은 다르게 움직인다. 물론 그도 흔들린다. 완벽한 사람은 없다. 다만 흔들려도 무너지지 않는다. 그는 알고 있다. 자기가 쌓아둔 '초과'가 자신을 받쳐줄 거라는 걸.

달리기의 마지막 2km가 그랬다. 아, 지금 생각해 보니 풀코스도 40km + 2km 네. 인생에서는 아마 이런 순간들일 거다. 다 끝냈다고 생각했는데 한 번 더 확인하는 것. 대충 넘겨도 되는데 한 번 더 다듬는 것. 남들이 안 보는 곳인데도 한 번 더 책임지는 것. 그 '한 번 더'가 쌓여서 결국 100을 만든다.

나는 가끔 다시 그 친구의 말을 떠올린다. 무심하고 간단했던 한 문장.

"10km 잘 뛰고 싶으면 12km를 달려."

내게 그 말은 이렇게 바뀌어 남았다.

"원하는 만큼만 하지 말고, 조금 더 하자."

그 '조금 더'가 나를 결과까지 데려간다.

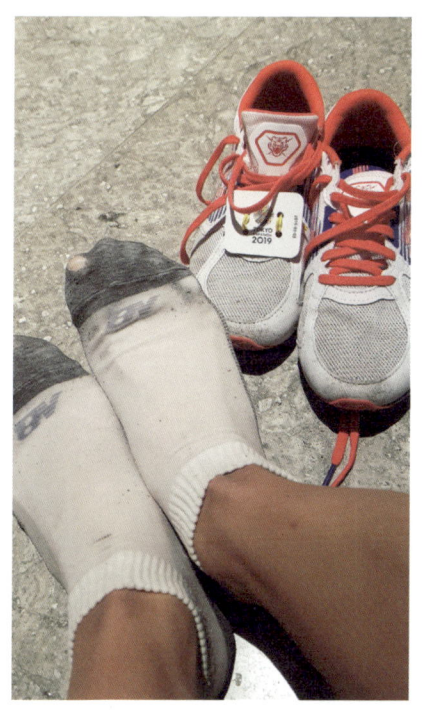

놓지 않는 방식이다"

달리면
생각이 정렬된다。

머릿속이 난장판일 때가 있다. 딱히 큰일이 터진 것도 아닌데 생각이 사방으로 흩어진다. 해야 할 일은 많고, 해야 할 말도 많고, 놓치면 안 되는 것들은 더 많다. 머릿속에 포스트잇을 백 장 붙여 놓고 동시에 선풍기 바람을 회전풍으로 쐬는 느낌. 하나를 잡으려 하면 다른 하나가 날아간다. 생각은 복리 이자로 점점 증식한다. 그리고 그 난장판이 제일 심할 때 나는 운동화를 신는다.

달리기는 해결책을 주는 운동이 아니라는 걸 알면서도 이상하게 그럴 때는 달리러 나간다. 내가 지금 달릴 시간이 있어? 라고 묻는다면 없다. 그래도 나간다. 현관문을 닫고 밖으로 나오면 공기가 얼굴을 친다. 아침이든 밤이든 바람은 늘 제할 일을 한다. 러닝을 시작하면 처음 5분은 늘 똑같다. 생각이되려 더 시끄러워진다. 머릿속에서 온갖 생각들이 팡팡 튀어나온다. '어제 왜 그 말을 했지?' '그 메일 답장 안 했지' '내일일정 뭐지?' '그 돈 어디로 나갔지?' '그리고… 어디로 뛰어야하나?' 러닝이 아니라 '내적 브리핑'이 시작된다.

10분쯤 지나면 생각들은 조금씩 잠잠해진다. 완전히 조용해지는 건 아니다. 다만 '난장판의 소음'이 줄어든다. 생각들이서로 소리를 지르다가, 갑자기 한 줄로 선다. 마치 교실에서 선생님이 들어오면 아이들이 조용해지는 것처럼. 그리고 그때,정말 뜬금없이 해결책이 불쑥 떠오른다. 신기하게도 그 해결책은 내가 억지로 찾던 해결책이 아니다. 책상 앞에서 머리를싸매고 있을 때는 절대 안 나오던 것. 대신 달리다가 숨이 맞춰진 어느 순간, 마치 땅속에서 새싹이 올라오듯 올라온다.

예를 들면 이런 식이다. 며칠 동안 내 머리를 괴롭히던 일이 있었다. 아무리 생각해도 답이 없었다. 대안 A도 불안하고,대안 B도 찜찜하고, 대안 C는 현실성이 없었다. 나는 세 가지를 머릿속에서 계속 굴렸다. 결론은 늘 같았다. 뭘 해도 찜찜하다. 그런데 그날 달리면서 숨이 딱 정렬되던 순간, 갑자기 깨달 았다. 새로운 대안 대신 새로운 질문이 필요했다. '뭘 해야 하 지?'가 '내가 정말 지키고 싶은 건 뭐지?'로 바뀌었다. 질문이 바뀌는 순간, 세 가지 대안이 갑자기 선명하게 갈라졌다.

나는 그제야 알았다. 내가 답을 못 찾았던 건, 선택지가 없 어서가 아니라 내 기준이 흐렸기 때문이었다는 걸. 달리기는 내 기준을 선명하게 만든다. 왜냐하면 달리기는 계속 '지금'을 요구하기 때문이다. 지금 숨이 어떤지, 지금 다리가 어떤지, 지 금 속도가 어떤지. 달리기는 과거의 후회나 미래의 불안보다, 현재의 감각을 더 크게 만든다. 현재가 커지면 불안이 작아지 고, 불안이 작아지면 생각이 정렬된다.

러너들 사이에 이런 말이 있다. "러닝하면서 생각하면 답이 나온다." 그 말이 단순한 농담이 아니라는 걸, 나는 여러 번 경 험했다. 회의실에서는 결론이 안 나는데 한강 3km 지점에서 결론이 난다. 카페에서는 답이 안 보이는데 언덕 오르막에서 답이 튀어나온다. 왜 하필 언덕에서냐고? 언덕은 숨을 더 요구 한다. 숨이 더 필요해지면 쓸데없는 생각이 빠르게 삭제된다. 언덕은 마음속 '백그라운드 앱'을 강제 종료시키는 기능이 있 다. 러너들은 그걸 안다. 언덕이 힘든데 이상하게 개운한 이유.

생각해 보면 진짜 이상하기도 하네.

　그날도 나는 언덕에서 답을 얻었다. 폐가 찢어질 것 같아서 오히려 생각이 단순해졌다. '지금은 이것만.' 그 문장이 머릿속에 떠오르자 그동안 나를 괴롭히던 문제도 단순해졌다. '지금은 A를 하고, B는 내일' '지금은 연락 한 통만' '지금은 정리 말고, 멈춤' 해결책은 대단한 아이디어가 아니었다. 그저 '순서'였다. 난장판이었던 생각들이 줄을 선다는 건, 결국 순서가 생긴다는 뜻이다. 나는 러닝을 마치고 나서야 깨달았다. 내가 달리면서 얻는 건 땀과 칼로리 소모가 아니라, 정렬된 나라는 걸.

　삶이 복잡해질수록, 우리는 문제를 더 풀려고만 한다. 하지만 가끔은 문제를 푸는 게 아니라, 내 머리의 소음을 줄이는 게 먼저다. 그리고 머릿속 소음을 줄이는 가장 확실한 방법이 내게는 달리기였다. 러닝이 끝나고 집으로 돌아오는 길, 나는 땀에 젖은 목덜미로 들어오는 바람을 느꼈다. 그 바람이 뭔가를 말하는 것 같았다. "이제 됐지?" 완벽한 답은 아니었다. 하지만 나는 그날 '다음 한 걸음'을 알게 됐다. 그거면 충분했다.

　달리기가 나를 구해 주는 방식은 늘 비슷하다. 문제를 해결해 주지 않는다. 대신 내가 문제를 대하는 자세를 바꿔 준다.

놓지 않는 방식이다"

난장판을 줄 세워 준다. 순서를 만들어 주고, 숨을 길게 해 준다. 그래서 나는 머릿속이 복잡해질수록 밖으로 나간다. 해결책을 찾으려고가 아니라, 생각들이 줄 서게 하려고. 처음 5분은 더 시끄러울지 모른다. 하지만 어느 순간, 숨이 리듬을 찾는 그때, 생각들이 조용히 줄을 설 것이다. 그리고 그 줄 끝에서 당신도 아마 이런 순간을 만나게 될지 모른다. "아… 이거였네." 그 한마디가 떠오르면 당신은 이미 달리고 있다. 몸이 아니라 마음이 먼저.

완주는 '잘했다'가 아닌 '살았다'였다.

지금까지 13번의 풀코스 마라톤을 완주하면서 "가장 기억에 남는 풀코스는 어떤 대회인가요?"라는 질문을 정말 많이 받았다. 그런데 그 질문만큼이나, 아니 어쩌면 그보다 더 자주 따라붙는 질문이 있다. "가장 힘들었던 대회는 뭐였어요?" 사막 마라톤이나 100마일 논스톱 같은 건… 솔직히 조금 다른 범주의 이야기다. 그건 애초에 '힘들다'로는 설명이 안 되는, 인생의 다른 칸에 따로 보관되는 종류니까. 내가 말하는 '힘든 풀코스'는, 우리가 일반적으로 떠올리는 42.195km의 풀코스 이야기다.

그 질문에 대한 내 대답은 늘 한결같다. 싱가포르 마라톤. 풀코스 출발 시간은 새벽 4시 30분이었다. 나는 새벽 2시에 일어났다. 출발 지점인 F1 빌딩으로 가는 길, 잠은 깼는데 정신은 여전히 몽롱했고, 숨이 아직 내 몸 어딘가에 반쯤 걸쳐 있었다. 긴 호흡을 내뱉어 보지만 턱, 턱 중간에서 끊겼다. 그리고 이미 그때 온도가 28도를 넘었다. 체감은 30도를 훌쩍 넘는, '밤인데도 낮 같은' 더위였다. 새벽이 아니라 열기 속에 서 있는 느낌. 거기에 결정타가 하나 더 있었다. 전날 새로 산 스포츠 브라탑. 하필이면 사이즈가 미스였다. 정확히는, 맞지 않는다는 걸 알면서도 입었다. 싱가포르의 공기와 잘 어울리는 플로랄 무늬가 너무 예뻤고, '내일의 나'는 분명 괜찮을 거라 착각했다. 패션은 내일의 나를 예측하지 못한다. 특히 싱가포르의 습도 앞에서는.

어찌저찌 출발했다. 처음엔 다들 그렇듯 "오늘은 될 것 같은데?" 하는 착각이 따라온다. 새벽 공기와 사람들의 숨소리가 한 덩어리처럼 웅성거리고, 스타트라인은 늘 어설프게 설렌다. 마음이 들떠 있고 몸은 긴장하고, 심장은 괜히 더 크게 뛴다. 그런데 싱가포르의 해가 너무 빨리 올라왔다. 햇빛이 퍼지기 시작하자 기온도 같이 끓어올랐다. 습도가 높은 탓에 땀이 '흘렀다'가 아니라 '쏟아졌다'에 가까웠다. 마치 비가 내리는 것처럼. 그리고 팔팔 끓는 아스팔트 위에서 몸이 점점 녹아내렸다. 얼굴도, 마음도.

숨을 가다듬으려 하는데 브라탑이 문제였다. 그 조임이 자꾸 내 호흡을 가로막았다. 숨은 원래도 귀하지만, 그날은 허락까지 받아야 하는 느낌이었다. 그럼에도 나는, 내가 제일 자주 하는 말을 꺼냈다. "나는 강해." "나는 할 수 있어!" "끝까지 완주할 거야." 그 말들도 20km를 지나면서 갑자기 종이처럼 얇아졌다. 그리고 뜨거운 바람에 찢어질 것처럼 흔들렸다. '목표'의 말이 녹아내리는 순간이었다.

그때부터는 다른 언어가 필요해졌다. "그냥 한 발만." "저기까지만 가자." "지금은 결론 내리지 말자." 목표의 말에서 생존의 말로.

응원 소리가 계속 들려오는데도 이상하게 혼자 남은 것 같은 순간이 평상시보다 일찍 찾아왔다. 주변에는 여전히 사람들이 있는데도, 나만 다른 세계로 밀려난 것 같다. 그때부터는 나와 또 다른 나 사이의 대화가 시작된다.

"그만할까?"

"아냐, 아직 남았어."

"왜 이렇게까지 해?"

"모르겠어… 그냥 해야겠어."

"너 지금 울 것 같아."

"울어도 돼. 뛰면서 울면 티도 안 나."

농담처럼 들리지만, 진짜다. 실제로 나는 그날 눈물범벅인지 땀범벅인지 구분이 안 되게 달렸다. 얼굴이 계속 녹아내려, 마침 35km 지점에서 나를 본 지인이 "그렇게 못생긴 모습은 처음이었어!"라고 말했다. 지금 그 얘길 하면 나는 웃고, 그는 또 놀린다. 그런데 그때의 나에게는 웃을 여유가 없었다. 내가 하던 건 '멋있는 완주'가 아니었다. 그냥… 살아남기였다.

살아남기는 썩 보기 좋지 않다. 폼도 무너지고, 얼굴도 구겨지고, 눈도 풀린다. 기억도 중간중간 끊긴다. 그 구간은 온전하지 않다. 그저 '여기까지 왔으니까'라는 사실 하나만 끌어안고 나아간다. 그리고 드디어, 기억은 짧지만 결승선을 통과했다. 그 순간 나는 웃지도 울지도 못했다. 그저 숨을 쉬었다. 숨을 제대로 쉬었다. 마치 수면 위로 올라온 사람처럼. 그리고 그 숨이 내게 말했다. '살았네.' 메달을 목에 걸어 주던 자원봉사자가 말했다. "수고하셨어요!"

놓지 않는 방식이다"

완주 메달은 이상한 물건이다. 그걸 목에 거는 순간 사람들은 자동으로 웃는다. 사진을 찍고, 서로의 어깨를 두드리고, "고생했어요!" 같은 말을 주고받는다. **얼굴이 빨갛고 땀도 아직 식지 않았는데 메달은 반짝이는, 그 장면 전체가 마치 '인생의 좋은 페이지'처럼 보인다.** 출산을 두 번 경험해 본 사람으로서 감히 말하자면 무수한 고통 뒤에도 아이가 태어나면 그 고통들은 온데간데없이 사라지는 것처럼 피니시라인도 그러한 존재다.

피니시라인들에서 보이는 수많은 사람들의 그 웃음이 나는 종종 진짜 웃음이라기보다 살아남은 사람의 표정처럼 느껴진다. 울고 싶은 얼굴을 억지로 웃는다는 게 아니다. 정말로 "나 여기까지 왔어"라는 안도의 웃음. 이제야 숨을 쉴 수 있게 된 사람의 웃음. 자원봉사자를 향해 나는 "감사합니다."라고 대답했지만, 속으로는 다른 말을 했다. '나… 살았다.' 그때의 완주는 '잘했다'가 아니라 '살았다'의 의미였다.

완주라는 단어는 지나치게 멋있다. '완(完)' 자가 주는 위엄이 있다. 마치 완벽하게 끝낸 느낌. 하지만 달리는 사람들은 안다. 완주는 완벽과 거리가 멀다는 걸. 우리는 늘 불완전한 채로 완주에 도착한다. 몸이 뻐근하고 속은 울렁거리고 발톱은 어디론가 사라질 것 같고 머리는 멍하다. 어떤 사람은 쥐가 나고, 어떤 사람은 눈물이 나고, 어떤 사람은 구토를 참는다. 그리고 홀가분하기도 하지만 늘 아쉽다. 다음번에는 더 잘 할 수 있을 것만 같다.

지금 나는 육아라는 완주를 끝내고. 그러니까 육퇴를 하고 따뜻한 차를 마시며 이 글을 쓰고 있다. 누군가는 출근을 완주하고, 누군가는 사람을 완주하고, 누군가는 하루를 완주한다. 메달은 없지만 이미 작은 완주다. **완주는 '잘했다'가 아니라 '살았다'니까. 살아 있는 사람에게는, 언제든 다시 시작할 자격이 있지 않을까.**

달리기는 내게 말한다. 잘하지 않아도 살아있으면 된다고. 살아남는 게 먼저라고. 살아 있으면 다시 할 수 있다고.

놓지 않는 방식이다"

엄마의
달리기 。

어느새 25번의 유아차 마라톤을 완주했다. 나는 뛰고 바퀴는 굴러가고 아이는 자거나, 어쩌다 눈을 동그랗게 뜬 채 세상을 구경한다. 바람이 불면 유아차 차양이 살짝 들썩이고, 바퀴가 '드르륵' 리듬을 만든다. 그 리듬이 내 하루의 심장 박동처럼 느껴질 때가 있다. 사람들이 묻는다.

"유아차 끌고 뛰면 힘들지 않아요?"

그 질문은 대개 걱정이지만, 어떤 날엔 평가처럼 들리기도 한다. 굳이 그렇게까지 해야 해? 라는 의미가 숨어 있을 때가 있기 때문이다.

나는 그 질문에 완벽한 대답을 찾지 못했다. 힘들다고 하면 뭔가 사서 고생하는 사람이 되는 것 같고, 안 힘들다고 하면 거짓말 같았다. 그래서 나는 "괜찮아요."라는 말로 포장해 그 냥 웃어버리곤 했다. 엄마라는 존재는 대답 대신 웃음을 선택 하는 순간이 많다. 말을 길게 하면 설명이 되고, 설명은 변명이 되고, 변명은 어느새 나를 작게 만든다. 사실 힘들다. 사실 안 힘든 건 없다.

유아차를 끌고 뛰는 건 몸만의 문제가 아니다. 그건 시선과 책임과 시간과 죄책감까지 다 끌고 가는 일이다. 처음 유아차 러닝을 시작했을 때, 나는 자꾸만 뒤를 돌아봤다. 아이가 잘 앉 아 있는지, 두 뺨이 차갑지 않은지, 배가 고프진 않은지, 브레 이크는 잘 작동되는지. 나는 뛰는 중간중간 속도를 줄이고 한 손으로 아이의 담요를 정리하고, 다시 손잡이를 꽉 잡았다. 그 때 내 마음은 계속해서 두 갈래였다. 한 갈래는 '나는 달리고 싶다'였고, 다른 한 갈래는 '나는 엄마다'였다. 그 두 갈래가 자 꾸 서로 부딪혔다. 마치 한 사람은 앞으로 가고 싶고, 한 사람 은 멈추고 싶어 하는 것처럼.

"엄마가 운동할 시간이 어딨어."
"지금은 아이가 우선이지."

"네가 뛰는 동안 아이가 불편하면 어떡해."

"너, 이기적인 거 아니야?"

나는 내 안에서 계속 이런 말을 들었다. 이 말들은 남이 한 말이 아니었다. 내가 내게 한 말이었다. 엄마가 되고 난 뒤, 우리가 가장 자주 싸우는 상대는 '세상'이 아니라 '내 안의 엄마'였다. 내 안의 엄마는 늘 엄격하다. 사랑이 많아서, 아플까 봐, 상처받을까 봐 더 엄격하다. 그래서 나는 유아차를 밀며 달리면서도 계속 시험을 치르는 기분이었다. '너는 오늘 좋은 엄마였니?' '너는 오늘 이기적이지 않았니?' 그러다 문득 깨달았다. 나는 아이보다 달리기를 우선시 하는게 아니라, 달리면서 아이와 같이 살아가고 있다는 걸. 엄마의 달리기는 '향기' 같다는 생각이 든다. 향기는 눈에 보이지 않는다. 크게 소리도 나지 않는다. 하지만 사람을 확실하게 움직인다.

유아차 러닝은 생각보다 낭만적이지 않다. 출발하자마자 "간식!" 신호가 울리면 멈춘다. 과자 봉지를 뜯느라 손이 허둥댄다. 다시 뛰려는 순간 "물!"이 나온다. 물티슈는 왜 늘 유아차 맨 아래, 가장 깊은 곳에 있을까. 낙엽이 예쁘다고 해서 또 멈춘다. 아이는 낙엽을 한 장 한 장 주워 색깔을 비교한다. 다시 출발했다가, 또 멈추고. 그런 날이 훨씬 많다. 나는 숨을 고르며 '그래, 오늘은 이런 러닝이구나' 하고 웃는다.

"엄마가 꼭 달려야 해?"

누군가는 말할지도 모른다. 맞다. 꼭 달릴 필요는 없다. 하지만 아이의 숨소리. 그 감각들이 내게 말한다. "너는 지금 살고 있어." **엄마에게 필요한 건 달리기가 아니라 '숨 쉴 틈'이니까. 내게 달리기는 숨 쉴 틈이었다.** 그리고 그 틈을 아이와 함께 만들 수 있다는 사실이, 나를 조금 덜 죄책감 속에 살게 했다. 엄마가 나 자신을 돌보는 일이 아이를 덜 사랑하는 일이 아니라는 것. 엄마가 내 숨을 챙기는 일이 아이의 숨을 빼앗는 일이 아니라는 것. 오히려 반대일 때가 많다는 것. 내가 숨을 쉬면 아이도 숨을 쉰다. 내가 무너지지 않으면 아이는 더 안전하게 자란다. 내가 나를 챙길 수 있어야 아이도 더 오래 챙길 수 있다. 이건 누가 가르쳐 준 공식이 아니라, 내가 매일 몸으로 배우는 생활의 진실이다.

나는 아이가 자라는 동안, 아이에게 많은 걸 알려주고 싶다. 그래서 요즘은 이런 생각을 한다. 아이에게 가장 큰 가르침은 내가 무엇을 '말하느냐'가 아니라, 내가 어떻게 '살아내느냐'일지도 모른다고.

아이는 내 뒷모습을 또렷하게 기억하지 못할 것이다. 유아차를 밀며 땀 흘리던 얼굴도, 내 숨소리도, 내 발소리도. 하지만 나는 믿는다. 그 시간의 리듬이, 향기처럼 아이에게 남을 거라고. 엄마는 자신을 지우며 사랑을 증명하는 사람이 아니라, 자신을 지키며 사랑을 지속하는 사람이 될 수 있다고. 완벽한 엄마가 아니라 계속 살아 있는 엄마가 되겠다고. 힘들어도 다시 밖으로 나갈 줄 아는 엄마, 멈췄다가도 다시 손잡이를 잡는 엄마. 땀을 흘리며 포기하지 않고 끝까지 달려본 사람이 우리 엄마라고.

그래서 내일도, 내가 가능한 날에는 유아차 손잡이를 잡고 밖으로 나갈 것이다. 빠르게가 아니라 오래, 완벽하게 대신 가능한 만큼. 드르륵. 바퀴 소리가 길 위에 선명해지면, 나는 또 한 번 마음속으로 이렇게 말할 것이다.

"엄마여도, 나는 달릴 수 있어."

"나는 아이 때문에 멈춘게 아니라 아이 덕분에 더 멀리 달릴 수 있어."

이게 나와 아이가 함께 숨 쉬는 방식이다.

아침 달리기: 오늘을 버틸 나를
미리 만들어 두는 일 。

나는 대체로 아침에 달리는 것을 좋아한다. 운동 후에 곧바로
샤워를 하면 그만큼 개운한 것은 없거니와 무엇보다 아침에
떠오르는 해를 보는 게 참 좋다. 내가 낮에는 감히 바라보지도
못하는 태양을 두 눈으로 바라보면 묘한 성취감마저 든다. 아
침에 밖을 나서면 그 시간은 아직 누구의 것도 아니다. 현관문
을 열면 세상은 덜 깨어 있고 덜 말이 많다. 공기는 얇게 가라
앉고 차갑다기보다 조심스럽다. 숨을 들이마시면 폐가 잠깐
시큰하고, 내쉰 숨이 하얗게 부서져 어둠 속으로 사라진다. 그
짧은 하얀 흔적을 보며 달리곤 한다.

저녁보다는 모닝런을 더 즐긴다고 하면 사람들은 종종 묻는다. "안 피곤해요?" 피곤하다. 하지만 견딜 만한 하루를 만들고 싶어서 나가는 날이 훨씬 많기도 하다. 아침의 달리기는 하루의 주도권을 내가 먼저 잡는 시간이다. 누가 나를 부르기 전에 내가 나를 먼저 부르는 시간. 알람과 메시지와 미팅과 일정표가 나를 끌고 가기 전에 '오늘은 내가 먼저 시작할게'라고 내 몸으로 선언하는 시간. 뛰었다고 하루가 갑자기 쉬워지는 건 아니다. 하지만 분명히 달라짐을 느낀다. 하루가 나에게 오는 느낌이 아니라, 내가 하루를 향해 가는 느낌이 된다.

처음 5분은 늘 어색하다. 몸은 덜 깨어 있고, 다리는 무겁고, 호흡은 짧다. 발이 바닥을 칠 때마다 새벽의 고요가 잘게 깨진다. 그 소리가 묘하게 나를 진정시킨다. '그래, 너 지금 여기 있네.' 아침은 늘 확인이 필요하다. 내가 지금 여기 있는지, 내 마음이 아직 나와 같이 있는지. 나는 숨을 길게 내쉰다. 길게 내쉬면 생각이 잠깐 멈춘다. 생각이 멈추면 불안도 잠깐 멈춘다. 그 잠깐이 아침에는 꽤 큰 틈이다.

마음의 기준점을 만드는 시간이기도 하다. 아침 달리기의 가장 큰 선물은 사실 '기록'이 아니라 기준점이다. 하루가 시끄러워지기 전에, 내 안에 조용한 중심을 하나 심어 두는 것.

그 중심이 있으면 낮 동안 흔들려도 돌아올 수 있다. 어떤 날은 말 하나에 마음이 흔들리고, 어떤 날은 일정 하나에 정신이 휘청거린다. 그럴 때 나는 스스로를 달래는 문장을 찾는 대신, 아침의 장면을 떠올린다. 차가운 공기, 코끝을 때리던 냄새, 땀으로 젖은 목덜미에 들어오던 바람, 내 숨소리. 그 감각이 말한다. 너는 아침에 이미 한 번, 너의 속도로 움직였잖아. 아침에 만들어 둔 기준점은 '오늘의 내 상태'를 알려주는 게 아니라, '오늘의 내가 돌아갈 자리'를 만들어 주는 것 같기도 하다. 그게 큰 차이다. 상태는 흔들려도, 자리는 남는다.

아침 달리기는 의식 같다. 내가 오늘을 어떻게 살지 미리 결정해 보는 의식. '오늘의 나'를 미리 한 번 꺼내 보고, 이 몸과 마음으로 하루를 시작해도 되는지 점검해 보는 시간이다. 사실 저녁 달리기와 비교했을 때 아침에 달리면 피곤함을 제외하고 누가 봐도 대단한 변화는 없다. 메일이 줄어드는 것도 아니고, 아이가 갑자기 순해지는 것도 아니고, 일이 쉬워지는 것도 아니다. 그런데도 분명히 달라지는 게 있다. 어쩌면 예행 연습에 가깝다. '집에 가면 바로 샤워. 진녹색 정장 꺼내고. 아, 셔츠는 그거 말고 더 편한 걸로. 강의는 여기에서 한 번 더 힘주고, 이 문장은 꼭 예시를 붙여야지. 점심은 근처 돈가스집. 맞다, 오늘은 소스 많이. 그리고 미팅은 무조건 10분 먼저 도착하자마자 자료부터 펼쳐놓고 숨 한 번 고르기.'라고 스케줄을 정리하게 된다. 오늘을 '살아낼 몸'으로 만드는 의식.

우리는 하루를 머리로만 시작할 때가 많다. 일정, 해야 할 일, 연락, 책임. 그런데 몸이 준비가 안 된 채로 시작하면, 마음은 더 쉽게 무너진다. 아침에 달리는 건 몸에게 하루를 먼저 알려주는 일이다. "우리 오늘 이런 하루를 살 거야." 몸이 그 안내를 받으면 하루가 덜 거칠다. 그래서 아침 달리기는 결과가 아니라 준비다. '잘 살겠다'가 아니라 '살아내겠다'. 그 차이는 겉으로는 작아 보이지만, 실제로는 나를 살린다.

아침 달리기를 하고 집으로 돌아와도, 내가 갑자기 성숙해지거나 인생이 단단해지지는 않는다. 여전히 나는 짜증도 내고, 실수도 하고, 마음이 휘청거린다. 그런데도 이상하게 하루가 조금 덜 무섭다. 아침에 이미 한 번, 내 몸이 내 편이 되어준 느낌이 있기 때문이다. 그리고 무엇보다, 아침 달리기는 내게 이런 말을 남긴다.

"너는 오늘 너를 먼저 챙겼다. 그러니까 오늘은 조금 흔들려도 괜찮아."

내일 아침에도 나는 분명 망설이겠지. 이불은 따뜻하고, 세상은 아직 차갑고, 몸은 무겁다. 그래도 운동화를 신을 것이다. 빠르게가 아니라 가능한 만큼. 완벽하게가 아니라 오늘을 살아낼 만큼. 그리고 숨을 길게 내쉬며 속으로 말할 것이다. 오늘은 내가 하루를 먼저 잡는 날. 오늘은 내 마음의 기준점을 심는 날. 오늘은 살아낼 몸을 깨우는 날. 그렇게 시작한 하루는, 이상하게도 조금 더 견딜 만하다. 아침에 이미 한 번, 나는 나를 데리고 다녀왔으니까. 오늘을 버틸 나를 미리 만들어 두었으니까.

저녁 달리기: 오늘을 씻어내고
나의 하루를 복기하는 일。

그렇다고 해서 저녁 달리기가 싫다는 건 아니다. 사실 아침이건 저녁이건 낮이건 새벽이건 달리기는 다 좋다. 아침 달리기가 오늘을 버틸 나를 미리 만들어 두는 일이라면, 저녁 달리기는 하루를 복기하는 일이다. 아침엔 '버틸 수 있다'였다면, 저녁엔 '오늘도 잘 버텼다'가 된다.

대부분의 날, 낮에 한 번쯤 휘청거린다. 별일 아닌데도 마음이 기울어지는 순간이 있다. 말 하나에 상처받고, 일정 하나에 쫓기고, 메시지 한 줄에 마음이 흔들린다. 수명이 줄어든다는 게 이런 느낌이구나, 하고 하루에 3번 이상은 느낀다. 그러고 나면 내 하루는 겉으로는 멀쩡한데 속은 약간 찢어진 채로 계속 굴러간다.

그런 날 저녁이 되면, 나는 둘 중 하나가 된다. 하나는 침대에 쓰러져 아무것도 못 하는 나. 다른 하나는 남편이 산책이라도 가자며 끌고 나가거나 운동 약속을 지켜야 하기에 억지로 나가는 나.

아침 달리기가 '오늘은 어떻게 살지'를 정렬해 주는 시간이라면, 저녁 달리기는 '오늘 나는 어떻게 살았지'를 되감는 시간이다. 처음엔 늘 불편한 장면부터 나온다. 마음에 꽂혔던 상대방의 말 한마디. 아무 말도 하지 못해 내가 나를 작게 만들었던 순간. 아낄 걸 그랬던 한마디. 괜히 마음 쓰이게 한 표정. 그런 것들이 숨소리 사이로 불쑥불쑥 튀어나와서 내 가슴을 찌른다. 예전에는 그 기억들을 쫓아내려고 했는데, 이제는 안다. 쫓아낸다고 없어지지 않는다. 오히려 밤에 더 크게 돌아온다. 그래서 나는 달리면서 그 기억들을 그냥 옆에 두고 뛴다.

"그래, 너도 왔구나." "오늘은 너까지 데리고 뛰자."

저녁 달리기의 묘한 장점은, 생각이 '사건'이 아니라 '호흡'에 붙는다는 점이다. 숨이 짧으면 기억이 커지고, 숨이 길어지면 기억이 작아진다. 나는 길게 들이마시고, 길게 내쉰다. 숨이

놓지 않는 방식이다"

길어질수록 마음도 길어진다. 그 길어진 마음 안에서, 오늘이 조금 덜 잔인하게 다시 보인다. 뭔가 크게 망한 것 같았던 하루도 달리는 동안에는 '그래도 어떻게든 지나온 하루'가 된다. 땀은 정직하다. 땀은 변명하지 않고, 꾸미지 않는다. 땀이 나기 시작하면 나는 오늘을 더 이상 머리로만 정리하지 않게 된다. 몸이 먼저 말한다. "오늘도 잘 살았어." 그 한 문장이 묘하게 나를 달래 준다.

저녁 달리기는 뭔가를 더 이루는 시간이 아니다. 오히려 '이루지 못한 것'을 정리하는 시간에 가깝다. 내가 미처 못한 것들, 놓친 것들, 잘못한 것들. 그걸 다 지우는 게 아니라, 그걸 가진 채로도 내가 여전히 괜찮다고 확인하는 시간. 달리다 보면 심장이 너무 빠르게 날뛰어서 이러다가 정말 숨이 멎는거 아니야? 라고 생각하는 순간이 온다. 그럴 때면 문득 웃음이 난다. '지금 내가 하는 달리기에 비하면 오늘 내가 힘들었던 그 일은 아무것도 아닌 일이었구나.' 그걸 알아차리는 순간, 힘듦이 조금 풀린다. **달리기는 달리기가 아닌 모든 일을 작게 만들어 준다.** 알아차림은 마음을 가볍게 만든다. 저녁 달리기는 그 알아차림을 내게 준다.

그리고 어느 순간, 나는 속으로 이런 말을 하게 된다.

"오늘도 어쨌든 해냈다."

'잘했다'가 아니라 '해냈다'. '멋지게 해냈다'가 아니라 '어쨌든 해냈다'. 이 말이 나는 왜 이렇게 위로가 되는지. 달리기의 완주가 늘 완벽하지 않기 때문일까. 폼이 무너지고 숨이 가빠지고 얼굴이 구겨진다. 그래도 앞으로 움직인다. 저녁 달리기는 그 방식 그대로 하루를 완주하게 한다. 어쩌면 저녁 달리기는 하루의 샤워다. 땀이 나면서 오늘의 실수도 같이 흘러내리는 느낌. 후회도 같이 묽어지는 느낌. 물론 완전히 사라지지는 않는다. 다만, 내 피부에 달라붙어 있던 찌꺼기처럼 '덜 끈적해진다'.

달리기를 끝내고 집으로 돌아오면 같은 집인데도 공기가 조금 다르게 느껴진다. 방은 여전히 어지럽고, 해야 할 일은 그대로 남아 있고, 아이들은 계속 내 다리에 붙어있고, 내일 일정은 변함없이 기다리고 있는데도 내 마음은 어딘가 조금 정리되어 있다. 저녁 달리기의 결론은 늘 비슷하다.

오늘의 나는 완벽하지 않았지만 어쨌든 여기까지 왔다. 숨이 들어오고 나가면서 하루가 말끝을 맺는다. 저녁 달리기는 그 말을 몸으로 써 내려가는 시간이다. 그리고 그 문장이 완성되는 순간, 내일을 조금 더 가볍게 맞이할 수 있겠지? '오늘도 잘 버텼다' 그 말 하나를 갖고 잠드는 밤은, 생각보다 오래 사람을 살린다.

나를 결승선까지
데려간 문장들 。

해외 마라톤을 뛰다 보면, 제일 먼저 깨닫는 게 하나 있다. 마라톤은 다리로만 뛰는 게 아니라, 웃음으로도 뛴다는 것. 특히 시드니 마라톤. 하버브리지 근처에서 바람이 한 번 획하고 등을 밀어 주고, 목젖까지 올라온 숨이 '나 이제 힘들어요'를 외칠 즈음, 길가에 서 있는 사람들은 세상 아무 일도 아니라는 듯 피켓을 들고 있다. 그 피켓들이 얼마나 얄밉고(좋은 의미로), 얼마나 다정한지.

풀코스는 중간에 꼭 이런 순간이 온다. 내가 지금 뛰는 건지, 버티는 건지, 그냥 움직이는 척만 하는 건지 헷갈릴 때. 그

놓지 않는 방식이다"

때 누군가가 종이에 크게 써서 흔든다. "야, 너 표정 너무 진지해. 웃고 가." 그날 내 얼굴은 진짜로 못생겼다. 정면에서 찍히면 그대로 실종 신고가 가능한 수준. 그런데 피켓을 보는 순간, 나도 모르게 피식하고 웃어버린다. 그 피식이 신기하게도 젤하나 먹은 것처럼 에너지가 된다. 웃으면 숨이 한 번 풀리고, 숨이 풀리면 다리가 다시 '한 발' 나온다. 시드니에서 만난 '나를 살리는' 피켓 문구들이다.

"If you think this is hard, try dating."

→ "이게 힘들어? 연애해 봐."

"Run like you stole something."

→ "훔친 사람처럼 뛰어!"

"Pain is temporary, bragging is forever."

→ "아픔은 잠깐, 자랑은 영원."

"You paid for this."

→ "돈 내고 뛰는 중입니다."

"Smile! You chose this."

→ "웃어! 네가 선택한 거잖아!"

"Your legs are not tired. Your brain is."

→ "다리가 아니라 뇌가 지친 거야."

"Toenails are overrated."

→ "발톱? 없어도 돼."

"Only a few miles until you can nap."

→ "조금만 더 가면 낮잠 가능."

"Think of the post-race pizza."

→ "끝나고 피자 생각해."

"You run better than the government."

→ "정부보다 너가 훨씬 더 잘 달려."

"Hurry up! The beer is getting warm."

→ "서둘러! 맥주 미지근해진다!"

시드니에서 내 기억에 남는 건, 풍경도 풍경인데 이 문구들의 타이밍이었다. 대부분의 피켓이 '아직 괜찮을 때'가 아니라, 정확히 무너질 때 등장했다. 예를 들면… 30km 이후. 사람이 점잖음을 잃는 구간. 머릿속이 조용히 욕을 준비하는 구간. 그때 누가 이렇게 들고 있다. "You paid for this." 돈 내고 뛰는 중입니다. 맞아. 내가 냈지. 내가 신청했지. 내가 결제했지. 접수 성공했다고 신났었지. 누가 시킨 게 아니지. 그 사실이 갑자기 너무 선명해져서, 화가 나기보다 웃다. 그리고 웃기면 신기하게도 조금 괜찮아진다.

사실 해외 마라톤의 피켓 문화가 좋은 이유는 문구가 재밌어서만이 아니다. 그들은 뛰는 사람을 '영웅'으로 만들기보다, 사람으로 대한다. "힘들지? 그래도 웃고 가." "네 선택이잖아, 알지?" "발톱 따위는 없어도 돼." 이런 말들이 대단한 위로는 아니지만, 정확히 필요한 만큼의 위로다.

큰 위로는 오히려 부담될 때가 있다. "넌 최고야!"도 고맙지만, 진짜 무너질 때 '최고'라는 말은 좀 멀게 들린다. 그럴 때는 차라리 이런 게 낫다. 나는 우리나라에도 이런 문화가 더 많이 들어오면 좋겠다. 한국 응원은 진짜 열정적이고, 박수도 크고, '파이팅!'도 뜨겁다. 근데 거기에 한 줄만 더 얹히면 완전 다른 세계가 열릴 것 같다. 이런 거 말이다.

"미래의 너는 지금 이 순간을 자랑하고 있을 거야."
"이 레이스는 영원하지 않지만 그 기분은 영원할 것."
"기어가는 것도 괜찮아."
"이게 그렇게 쉬운 거였다면, 너는 여기 있지 않겠지."
"여기서 포기하면 집에서 이불킥."
"발톱? 원래 옵션이었어."

누군가는 기록으로 뛰고, 누군가는 풍경으로 뛰고, 누군가는 응원으로 뛴다. 특히 풀코스는. 시드니에서 나는 확실히 느꼈다. 42.195km를 끝까지 데려가는 건 훈련량도, 젤도, 페이스도 맞지만… 가끔은 정말, 길가의 누군가 들어 올린 종이 한 장이다. 그 종이 한 장이 "너 지금 너무 심각해"라고 말해 주면 나는 그제야 어깨 힘을 풀고, 호흡을 다시 잡고, 발을 한 번 더 내민다. 피식 웃는 순간, 나는 아직 안 끝났다는 걸 알게 되니까.

다음에 또 해외 마라톤을 뛰면 나는 기록보다 먼저 피켓을 찾을지도 모르겠다. 내 인생을 바꾸는 명언 말고, 내 표정을 풀어 주는 농담. 그리고 언젠가 한국 대회에서도 길가에 그런 피켓이 늘어나면 좋겠다. 그럼 우리는 결승선에서 메달만 반짝이는 게 아니라, 웃음도 같이 반짝일 테니까.

내 꿈:
"달리는 할머니"。

아직 나는 서른의 초반 언저리에 있다. 풀코스를 1년에 한두 번쯤은 거뜬히 넘을 수 있고, 허리도 무릎도 아직은 내 편이다. 계단을 내려갈 때 "아야" 소리가 먼저 나오지도 않는다. 아침에 일어나 몸을 펴면, 몸이 "그래, 오늘도 해 보자"라고 대답한다.

요즘엔 마라톤 접수부터가 경기다. 서버가 터지고, 결제창에서 팅기고, '대기'라는 글자가 사람 마음을 한참 세워둔다. 실패할 때도 많다. 그런데 웃긴 건, 실패해도 또 신청한다는 거다. 어떤 대회는 결국 성공한다. 성공한 날엔 괜히 가슴이 두근거린다. "올해도 한 장 잡았다." 티켓처럼, 약속처럼, 미래를 향한 예약처럼. 그런 나에게 요즘 자주 떠오르는 목표가 하나 있다. 기록도 아니고 완주 메달도 아니다. 세계 9대 마라톤 같은 거창한 체크리스트도 아니다.

행복하게 달리는 할머니. 내가 70대, 80대가 되어서도 마라톤이든, 5km든, 아니면 그냥 아침 공원 한 바퀴든, '달린다'는 동사를 여전히 내 몸으로 말할 수 있을까? 물론 내가 그 나이가 되면 그 시대에는 80대가 더 이상 할머니가 아닐 수도 있다. 이 질문을 처음 떠올렸을 때는 조금 웃겼다. 내가 아직 이렇게 멀쩡한데, 갑자기 왜 할머니 타령인가 싶어서. 그런데 웃기면서도 기분이 좋아졌다. 어떤 상상은 사람을 가볍게 만든다. 내게 이 상상이 그랬다.

나는 가끔 아주 구체적으로 상상해 본다. 75세의 나는, 무엇을 입고 뛸까? 일단 러닝복은 컬러가 화려할 것 같다. 나이 들면 오히려 더 대담해진다지 않나. 형광 핑크 바람막이에 노란 모자. 아, 싱가포르에서 입었던 플로랄 무늬면 더 좋겠다. 어떤 사람은 "할머니 너무 튀세요."라고 말할지도 모르지만, 나는 그 말에 웃으며 대답할 것이다. "젊었을 때도 튀었어." 그리고 허리에 작은 파우치를 찰 것이다. 젤 대신 사탕이나 말린 과일이 들어 있을지도 모르겠다. '운동할 때는 단 것'이라는 믿음은 아마 끝까지 안 사라질 것 같다. 손목엔 워치가 있을 수도 있고 없을 수도 있다. 그쯤 되면 기록보다 더 확실한 숫자를 이미 갖고 있으니까. 내가 이렇게 살아왔다는 숫자.

80세의 나는 어디를 달릴까. 한강을 달릴 수도 있고 어느 여행지의 해변을 달릴 수도 있다. 아마 나는 여전히 '여행 가서 달리기'를 포기 못 했을 것 같다. 호텔 로비에서 "모닝런 다녀올게요." 하고 나가면 가족이 "또?" 하며 웃고, 나는 "이게 내 관광이야."라고 말할 것이다. 해외 마라톤도 가능하면 좋겠다. 풀코스가 아니어도 된다. 10km, 5km, 혹은 걷뛰. 종목은 중요하지 않다. 중요한 건 내가 그 출발선에 여전히 설 수 있다는 사실. 그리고 나는 또 기대할 것이다. 길가의 피켓들. "당신 최고!"보다, "돈 내고 뛰는 중이죠?" 같은 농담들. 그런 문장을 읽고, 주름진 얼굴로 피식 웃는 나. '웃는 할머니 러너'는 생각만 해도 좋다.

그런데 정말 가능할까? 상상은 아름답지만, 몸은 현실이다. 70대, 80대가 되면 지금처럼 달릴 수 있을까? 무릎은? 허리는? 발목은? 어느 날은 정말로 달릴 수 없게 될지도 모른다. 나는 그 가능성을 외면하지 않는다. 오히려 그 가능성이 내 상상을 더 진짜처럼 만든다. **'언젠가'라는 단어가 붙는 꿈은, 늘 조금**

쓸쓸한 맛이 있다. 하지만 그 쓸쓸함이 꿈을 더 소중하게 한다. 그래서 나는 내 상상을 '기록'이 아니라 '습관' 쪽으로 옮겨본다. 70대의 내가 달리는 건, 30대의 내가 쌓아둔 무언가 덕분일 테니까. 기록이 아니라, 오늘의 스트레칭. 오늘의 근력운동 10분. 오늘의 충분한 수면. 오늘의 물. 오늘의 '무리하지 않기'.

이런 것들이 미래의 나를 만든다. 그리고 무엇보다 중요한 건, 내가 달리기를 벌로 만들지 않는 것이다. 달리기를 '먹었으니까 뛰어야지'로 만들면 노년의 나는 그 벌을 더 이상 감당하지 못할지도 모른다. 하지만 달리기를 '살아 있어서 뛰는 거야'로 만들면 노년의 나는 여전히 그 기쁨을 선택할지도 모른다.

78세의 나는, 젊은 러너에게 뭐라고 말할까. 어떤 날은 이런 장면도 상상한다. 대회장 화장실 줄에서 젊은 러너가 내게 말을 걸어온다. "할머니, 진짜 대박이에요. 어떻게 아직도 뛰세요?" 그때 나는 이렇게 말하고 싶다. "무릎은 조금 흔들려도 마음은 아직 단단혀!" 할머니가 되어서도 나는 여전히 '완벽한 러너'는 아닐 것이다. 그건 오히려 다행이다. 완벽하려고 달리면, 오래 못 달리니까.

내가 바라는 건 '대회'가 아니라 '계절'이다. 생각해 보면 내가 진짜 바라는 건 70대에도 마라톤 풀코스를 '완주'하는 장면이 아니다. 나는 계절을 계속 달리고 싶다. 봄에는 꽃 냄새를 맡으며, 여름에는 땀을 흘리며, 가을에는 바람을 타며, 겨울에는 입김을 내뿜으며. 대회는 1년에 몇 번이지만 계절은 해마다 돌아온다. 그 계절을 내가 내 다리로 맞이할 수 있다면 그건 마라톤보다 더 큰 완주다. 그리고 솔직히 말하면, 나는 나이 들어서도 여전히 접수 전쟁을 하고 있을 것 같다. "아니, 왜 이렇게 빨리 마감이야!" "서버 좀 늘려줘요!" 하면서도 결국 성공하면 또 신나서 가족에게 자랑한다. "나 됐어!" 그 모습이 우습고 사랑스럽다.

내가 나를 그렇게 오래 사랑할 수 있다면, 그 자체로 성공 아닐까. 오늘의 나는 아직 30대 초중반이고, 아직은 거뜬하고, 아직은 무릎도 허리도 내 편이다. 그래서 나는 오늘도 상상한다. 70대의 내가, 80대의 내가, 느리더라도 웃으면서 달리는 장면을. 주름진 손으로 물컵을 받아 들고, 숨을 한 번 고르고, 또 한 발을 내딛는 나. 그때의 내가 지금의 나에게 아마 이렇게 말할 것 같다.

"고마워. 그때도 너, 나를 계속 데리고 나와줬구나."

그 말을 듣기 위해서라도, 나는 내일도 한 번쯤 뛰러 나갈 것 같다.

느린 달리기가
필요한 이유 。

요즘은 숨이 가빠질 틈도 없이 하루가 시작된다. 눈 뜨자마자 알림이 먼저 손을 들고 일정표가 심장을 두드린다. 메일, 연락, 유행하는 디저트, 심지어 자기계발까지. 우리는 어느새 '빨리 처리하는 사람'이 되는 데 익숙해졌다. AI가 세상을 조금 편하게 만들어 주지 않았냐고? 물론 빨라진 건 사실이다. 하지만 그 안에 허수가 있다. 한 유명 PD는 이렇게 말했다.

"AI 덕분에 편집이 빨라진 건 사실이에요. 하지만 과거에 카메라 10대로 촬영했다면, 지금은 카메라 120대로 촬영합니다. 일이 편해져도 사람은 여전히 새로운 일을 찾아요."

맞다. 편해졌는데 더 바빠졌다. 빨라졌는데 더 숨이 찬다.

속도가 우리를 구해 주지 않는 시대가 온 거다.

요즘 사람들이 슬로우조깅을 찾는 이유는 단순하다. '천천히 달려도 괜찮아' 아니, '천천히 달려야 오히려 좋아'라는 허락이니까. 달리기란 원래 조금 더 빨리, 조금 더 멀리, 조금 더 강하게 같은 단어들이 붙는 세계다. 기록을 단축하면 박수가 나오고, 페이스가 올라가면 내가 더 괜찮은 사람이 된 것 같은 착각도 따라온다. 나 역시 그 맛을 안다. 숫자가 나를 칭찬해 주는 날의 기분. 워치 화면의 몇 초가 내 자존심을 세워 주는 순간.

그런데 어느 날은, 빠른 달리기가 나를 살리는 대신, 오히려 나를 소진시키는 방식이 될 때가 있다. 다리는 움직이는데 마음은 계속 쫓기고, 숨이 짧아지면서 머릿속은 '더, 더'만 반복한다. 결국 러닝이 '회복'이 아니라 또 하나의 과제가 된다. 그럴 때 나는 내가 달리는 건지, 나를 몰아세우는 건지 헷갈린다. 슬로우조깅은 그 지점에서 등장한다. 해답은 '새로운 기술'이 아니라 '속도 줄이기'였다.

느리게 달리는 날은 소리가 다르게 들린다. 바람이 귀 끝에서 얇게 퍼지는 소리. 발이 바닥에 닿을 때 생기는 작은 마찰음. 가까운 나무에서 새가 날개를 털며 자리를 옮기는 소리. 빠르게 뛸 때 다 내 숨에 묻히던 것들이다. 그런데 속도를 낮추면 세상이 다시 들린다. 내 몸도 다시 들린다.

슬로우조깅의 가장 신기한 규칙은 이거다. 대화가 가능한 속도로 달릴 것. 숨이 턱까지 차오르지 않는 속도. 누군가 옆에 있다면 "오늘 점심으로 돈까스 먹었어." 정도는 평소 톤으로 말할 수 있는 속도. 웃음이 새어 나와도 숨이 끊기지 않는 속도. '달리기'라는 단어에 붙어 있던 부담이 갑자기 떨어져 나간다. 그렇게 천천히 뛰면, 몸이 서서히 풀린다. 근육이 갑자기 잡아당겨지는 게 아니라, 따뜻한 물에 담겼다 나오는 것처럼 풀린다. 심장이 쿵쾅 '항의'하는 느낌이 아니라, '그래, 이 정도면 괜찮아' 하고 고개를 끄덕이는 느낌으로 뛴다. 이때부터 달리기는 성취가 아니라 조율이 된다. 내 안의 속도를 맞추는 작업. 오늘의 나에게 맞는 리듬을 찾는 작업.

슬로우조깅이 특히 좋은 건, 러너가 아닌 사람에게도 달리기에 대한 진입장벽을 낮혀 준다는 점이다. 달리기를 시작하지 못하게 막는 건 보통 체력이 아니라 공포다. 숨이 너무 찰까 봐, 사람들이 내 폼을 볼까 봐, 금방 포기할까 봐. '러닝은 원래 힘든 거'라는 두려움을 슬로우조깅이 낮춰 준다.

"달리기는 괴로운 게 아니야. 네가 감당 가능한 속도로 시작해도 돼."

이 메시지가 얼마나 다정한지. 그 다정함이 사람을 움직이게 한다.

느린 달리기는 뒤처지는 선택이 아니다. 오히려 내 삶의 리듬을 내가 다시 잡아오는 선택이다. 세상이 계속 빨리 가자고 등을 떠밀 때, 나는 조용히 내 속도로 걸음을 맞춘다. 뛰는데도 숨이 길어지고, 숨이 길어지니 마음도 길어진다. 오늘 달리기를 끝내고 집으로 돌아와 물을 한 모금 마시며 생각했다. 아마 앞으로 더 많은 사람이 이 속도를 좋아할 것 같다. 빨리 달리지도, 그렇다고 느리게 걷지도 않는 그 애매하고 다정한 속도. 빨라지는 법보다, 오래가는 법이 필요해졌으니까.

그러니까, 만약 요즘 당신이 지쳐 있다면, 달리기를 하든 안 하든 한 번쯤은 슬로우조깅을 해 봐도 좋겠다. 숨이 끊기지 않는 속도로, 웃음이 가능할 정도로. 그게 생각보다 나를 멀리 데려갈 것이다.

놓지 않는 방식이다"

언젠가 함께,
고비 。

사람들은 가끔 나에게 묻는다.

"다음 달리기 목표가 뭐예요?"

그 질문을 들을 때마다 나는 잠깐 망설인다. 무언가 당장의 목표를 답해야 할 것 같지만 나의 다음 목표는 족히 15년 뒤의 일이다. 그래서 나는 조금 부끄러운 얼굴로 대답하게 된다.

"15년 뒤에 참가하는 사막 마라톤이요."

그 꿈이 생긴 순간은 아주 뜨겁고, 아주 건조했고, 아주 조용했다. 세계 마라톤에도 시리즈가 있듯이 사막 마라톤에도 시리즈가 있다. 내가 참가했던 몽골의 고비사막 마라톤 외에도 나미비아의 나미브사막, 칠레의 아타카마사막, 그리고 마지막 사막이라 불리는 남극 마라톤이 있다.

2019년, 몽골 고비사막. 공기는 모래처럼 까슬했고, 와이파이도 없었다. 그 대회에 선수는 100명 정도였다. 참가 선수 숫자만 보면 규모가 작아 보이지만, 결코 작은 대회가 아니다. 참가자들 모두 각자 사막까지 오기까지의 사정이 있고, 저마다 버티고 싶은 이유가 있다. 그래서 각자의 삶을 등에 지고 온 사람들 같다. 배낭 안에 물과 음식만 들어있는 게 아니라, 각자의 걱정과 다짐과 사연도 함께 담았다.

사막 마라톤은 필수로 배낭을 메고 달려야 한다. 배낭의 무게는 족히 10kg가 넘는다. **배낭을 메고 뛰면, 평소보다 몸도 마음도 더 힘든데도 사람들은 서로를 더 잘 본다. 도시에서는 잘 안 보이던 감정이 사막에서는 선명해진다. 숨길 곳이 없어서다.**

그중 유독 기억에 남는 한 가족이 있었다. 스페인 여자 선수 한 명. 그리고 자원봉사로 함께 온 남편과 아들, 딸. 처음에는 그냥 '가족이 함께 왔나 보다' 정도로만 생각했다. 사막 대회에는 종종 그런 사람들이 있다. 누군가는 응원하러 오고, 누

언젠가 달릴 수 없게 된다 해도   **Part 1.** "달리기는 내가 나를

군가는 봉사로 참여한다. 그런데 그 가족은 달랐다. 뭔가 '여행' 같았다. 단순히 엄마를 따라온 가족이 아니라, 엄마의 레이스를 중심으로 온 가족이 하나의 시간을 살고 있었다.

대회 아침, 텐트 천장에 걸린 모래가 바람에 사각사각 움직이고, 누군가 버너로 물을 끓이는 소리가 들리는 그 시간. 사람들은 말없이 장비를 정리한다. 젤과 사탕, 발가락 테이핑, 헤드램프, 물의 양. 모든 게 생존을 위한 준비다. 그런데 그 스페인 가족은 이상하게 웃고 있었다. 막 크게 웃는 게 아니라, '아침에 가족끼리 여행 준비하는' 딱 그 웃음. 아들이 엄마 배낭끈을 잡아주고, 딸이 엄마 손목을 만지며 무언가를 말하고, 남편은 엄마 얼굴을 한 번 보고 고개를 끄덕인다. 말은 알아들을 수 없는데도, 그 장면이 너무 명확해서 내가 알아들은 것 같았다.

"오늘도 잘 다녀와." "엄마는 할 수 있어." "우리 여기 있어."

그때 나는 이상한 감정을 느꼈다. 부러움과 안도감이 같이 올라왔다.

사막에서 혼자 달리는 건 원래 외롭다. 아무리 사람이 주변에 있어도, 결국 마지막엔 자기 숨과 자기 발로만 간다. 그런데 그 엄마는 혼자였지만 혼자가 아니었다. 출발선에 서 있는 엄마의 뒷모습에 자꾸만 눈길이 갔다. 이상하게 가벼워 보였다. 누군가와 연결된 사람의 등은 그렇게 보인다.

코스는 길고, 바람은 뜨겁고, 해는 무자비했다. 발밑은 단단하다가도 갑자기 푹 꺼지고, 모래가 발목을 잡고 숨이 건조하게 찢어진다. 사막에서는 땀이 금방 말라서 내가 얼마나 힘든지 몸도 착각하게 만든다. 그래서 더 위험하고, 더 솔직해진다. 그런 와중에, 그 가족이 매 구간마다 나타났다.

자원봉사자들은 체크포인트에서 물을 나눠주며 러너들의 상태를 확인하고 필요한 걸 챙겨준다. 그런데 그 가족은 그 역할을 '업무'로만 하지 않았다. 무언가 응원이 생활처럼 자연스러웠다. 엄마가 체크포인트에 들어오면 아들과 딸이 먼저 눈으로 엄마를 확인했다. '엄마 괜찮아?'라는 질문을 표정으로 먼저 건넨다. 엄마는 땀과 모래에 범벅이 된 얼굴로 그 둘을 보며 웃었다. 그 웃음이 약간 흔들릴 때면 남편이 엄마 어깨를 아주 짧게 톡 건드렸다. 마치 버튼을 누르듯. 그 한 번의 터치로 엄마의 표정이 다시 돌아왔다. 나는 그걸 옆에서 보며 생각했다. 사막은 사람을 부서지게도 하지만, 동시에 사람을 단단하게도 만든다고. 그리고 그 단단함은 근육에서만 오는 게 아니라, 관계에서 온다고.

특히 기억나는 순간이 있다. 아마 롱데이 무렵이었을 거다. 사막의 하루는 길고, 해는 끝까지 사람을 시험한다. 어느 구간에서 나는 다리가 무거워져서 잠깐 멈칫했다. "왜 여기까지 와서 이런 걸 하고 있지?"라는 질문이 머릿속에서 자꾸 올라오는 그 시간. 내 안의 말들이 점점 가난해지는 시간. 그때 그 스페인 엄마가 내 옆을 지나갔다. 그녀도 힘들어 보였다. 가방이 어깨를 짓눌러 더 지쳐 보이게 만들었다. 누구든 힘들다. 사막에서는 다 똑같이 힘들다. 그런데 그녀는 고개를 살짝 들어 먼곳을 보다가, 체크포인트 쪽을 바라보고, 다시 웃었다. 아주 짧게. 그건 '나 괜찮아'가 아니라 '저기 내 사람들이 있잖아' 같은 웃음이었다. 그리고 정말로 체크포인트에 그녀의 아이들이 서있었다. 물통을 들고 작은 손으로 엄마를 향해 뭔가를 흔들고. 엄마가 가까워질수록 아이들의 어깨가 들썩였다.

그 순간의 환호는 소리가 아니라 몸의 떨림으로 느껴졌다. 내가 알아듣지 못해도, 그 환호는 언어가 아니라 땅의 울림으로 심장을 통해 오는 것이었으니까. 나는 그 장면을 보며 참많이 아쉬웠다. 스페인어를 할 수 있었으면, 정말 말을 걸었을텐데. "당신 가족, 너무 아름답다."고. "이건 레이스가 아니라삶 같다."고. 그런데 사막에는 와이파이가 없어서 번역 앱도 없고, 결국 나는 그냥 "올라!" 하며 웃어 보이는 것으로만 인사를 했다. 그게 내가 할 수 있는 전부였다. 그때의 아쉬움이 이상하게 오래 남았다. 그리고 그날 이후로 내 버킷리스트는 '사막 마라톤 완주'가 아니게 되었다. '언젠가 나머지 3개의 사막도 달리고 싶다'는 목표는 그대로 남아 있지만, 목표의 중심이 바뀌었다.

나는 언젠가 내 아이들이 고등학생쯤 되었을 때, 지금 29개월, 5개월인 이 작은 사람들이 어느새 말이 늘고, 눈빛이 깊어지고, 엄마를 조금은 객관적으로 바라볼 수 있는 나이가 되었을 때, 가족과 함께 사막으로 가고 싶다. 물론 아직 아이들의 의사는 물어보지 않았다. 남편과 아이들은 자원봉사를 하고, 나는 선수로 참가하는 것. 아이들은 체크포인트에서 물을 나눠주고, 선수들의 얼굴을 보고, 서로 다른 나라에서 온 사람들과 짧은 대화를 나누며 "세상은 교과서 밖에 더 넓게 있구나"를 몸으로 배웠으면 좋겠다.

엄마가 달리는 걸 옆에서 보며 '어른이 자기 목표를 위해 땀 흘리는 장면'이 얼마나 멋진지 알았으면 좋겠다. 그리고 나도, 그 아이들의 눈빛을 보며 힘을 내고 싶다. "엄마, 끝까지 가 봐."라는 말이 굳이 소리로 들리지 않아도, 아이들의 존재만으로 다시 일어나고 싶다. 나는 사막에서 그런 가족을 봤다. 그

건 '응원'이 아니라 '동행'이었다. 누군가의 꿈이 혼자만의 프로젝트가 될 때도 있지만, 가끔은 한 가족의 여행이 될 수도 있다는 것을 그들은 보여줬다. 그리고 그 여행은, 누군가를 몰아붙이는 방식이 아니라 서로를 단단하게 만드는 방식으로 흘러갔다.

내 꿈은 사실 엄청 거창한 게 아니다. 메달이 아니라 장면이다. 아이들이 사막의 저녁 바람 속에서 텐트 앞에 앉아, 다른 자원봉사자들과 나란히 컵라면(아마 사막에서는 그것도 엄청난 미식일 거다)을 먹으며 깔깔 웃는 장면. 남편이 체크포인트에서 내 얼굴을 보고 조용히 엄지를 들어 주는 장면. 그리고 내가 모래를 밟으며 마지막 날 결승선 쪽으로 걸어 들어올 때, 아이들이 저 멀리서 나를 발견하고 뛰어오는 장면. 그 장면 속에서 나는 완주보다 더 큰 걸 얻을 것 같다. **아이들에게는 '엄마가 뭔가를 끝까지 해내는 사람'이라는 기억이 남고, 나에게는 '아이들이 내 꿈의 일부가 되어 주었다'는 기억이 남겠지.**

내가 바라는 게 사실 하나 더 있다. 아이들이 그 사막에서 '성적'이나 '결과'가 아니라 사람의 태도를 배웠으면 좋겠다. 힘든 사람에게 물을 건네는 손, 포기한 사람을 비웃지 않는 얼굴, 서로 다른 언어를 쓰는 사람과도 웃을 수 있는 마음. 사막

놓지 않는 방식이다"

은 와이파이가 없는 대신, 그런 것들을 아주 선명하게 보여준다. 나는 내 아이들이 그걸 어릴 때부터 자연스럽게 알게 되길 바란다.

누군가 목표를 또 묻는다면, 나는 여전히 조금 부끄러운 얼굴로 대답할 거다.

"사막 마라톤이요."

하지만 그 뒤에 덧붙일 것이다.

"혼자 달리는 사막이 아니라, 가족이 함께 여행하듯 건너는 사막이요."

그리고 그 꿈이 내게 주는 힘은, 오늘의 러닝에도 스며든다.

오늘 달리기에서 힘든 구간이 오면, 나는 가끔 상상한다. 모래바람 속, 체크포인트 어딘가에 서 있는 미래의 내 아이들을. 그 아이들이 나를 보고 웃는 얼굴을. 그 상상 하나면 나는 오늘도 한 발을 더 내디딜 수 있다. 언젠가 정말로 그 사막에 서게 된다면, 그때 나는 꼭 스페인어 한 문장을 준비해 갈 거다. 번역 앱 없이도 말할 수 있게, 모래바람이 불어도 흔들리지 않게. 고맙다고, 당신이 보여준 그 장면이, 내 인생의 꿈을 바꿔줬다고.

"Muchas gracias. La imagen que me mostraste cambió mi sueño."

페이스메이커 。

대회장에 가면 가장 먼저 마주치는 건 늘 페이스메이커다. 메달보다 먼저, 스타트라인보다 먼저. 사람들의 시선이 가장 먼저 꽂히는 존재. 그들이 달고 있는 헬륨 풍선은 사람 머리 위로 1m는 족히 떠 있다. 그래서 멀리서도 보인다. 아니, 잘 보인다는 표현이 약하다. 풍선은 대놓고 말한다. "나 좀 봐요." 부드럽게 흔들리면서, 이상하게 거절하기 어려운 목소리로. 게다가 풍선만 눈길을 끄는 게 아니다. 페이스메이커는 풍선보다 먼저 '여유'를 달고 뛰는 사람들이다. 표정이 다르다. 자세가 다르다. '내가 맞다'는 듯한 확신이 몸에 붙어 있다. 붉은 싱글렛을 입고, 박자를 맞추며 달릴 때 나는 종종 그런 생각을 한다.

'와, 저 여유… 나도 저런 사람이고 싶다.'

그래서였다. 나도 페이스메이커에 도전해 보기로 했다.

물론 풀코스는 아니었다. 8km짜리 작은 이벤트였다. 페이스메이커계(?)에서는 아직 삐약이 수준. 그래도 그날 아침만큼은 나도 꽤 설렜다. 대회장 특유의 냄새가 있었다. 스포츠음료의 단내, 바람에 섞인 바다 냄새, 몸에서 막 깨어난 땀 냄새. 스타트라인 근처에서 신발 끈을 조여 매는 소리, 워치를 누르는 '삑' 소리들이 여기저기서 터졌다. 그런 소리들 사이에서 나는 내 배번보다 더 크게 적힌 풍선을 등에 메달고 서 있었다. "8km 40분."

풍선은 나보다 훨씬 당당했다. 사람들은 그 글자를 보고 내 쪽으로 모였다. 어떤 사람은 내 표정만 확인한다. 마치 이렇게 말하는 얼굴. '이 사람만 따라 가야지!' 그 순간, 몸 안쪽에서 묘한 책임감이 번졌다. 나는 오늘 잘 뛰는 사람이 아니라, 같이 도착하게 하는 사람이어야 했다. 딱 40분이라는 시간 안으로, 너무 빠르지도 느리지도 않게 누군가의 숨을 마지막까지 데리고 가야 한다. 그게 페이스메이커의 일이니까.

문제는 그때부터였다. 나는 페이스메이커라는 직업(?)을 너무 '기술'로만 생각했다. 리듬, 호흡, 페이스. '내가 흔들리지 않으면 된다'는 쪽으로만. 가을의 광안대교를 달리는 대회였다. 바람도 습도도 정확했고, 발의 리듬감도 정확했다. 나는 바다 위를 달리는 기분으로 신나게 뛰었다. 옆으로 치고 나가는 사람들에게 파이팅을 외치고, 내 위치와 앞만 보고 달렸다. 내가 머릿속에 세운 타임라인은 완벽했다. 1km, 2km, 3km… 스스로에게 박자를 찍어 주며 "좋아, 좋아"를 반복했다. 그리고 피니시라인. 결승선을 넘어서는 순간, 내 워치에 찍힌 숫자를 보는 그 찰나의 쾌감이 있었다.

40분 1초. 거의 '정확'이라는 단어에 입맞춘 기록이었다. 나는 완벽한 페이스메이커가 된 기분에 도취되어 두 손을 번쩍 들었다. '나, 해냈다!' 내 첫 페이스메이커 데뷔는 성공적이라고 믿었다. 그런데 피니시라인에서 찍힌 사진을 뒤늦게 보고 알았다. 나는 성공한 페이스메이커가 아니라… 실패한 페이스메이커였다. 사진 속의 나는 홀로 달리고 있었다. 너무 당당하게, 너무 신나게, 너무 외롭게. 내 뒤에는 아무도 없었다. 내가 '데리고 온 사람'은 한 명도 없었다. 그 순간 얼굴이 화끈해졌다. 기록은 완벽했는데, 역할은 0점이었다. 모순의 정답 같은 장면이었다.

"아니, 나는 정확하게 40분에 들어왔는데?"

언젠가 달릴 수 없게 된다 해도   Part 1. "달리기는 내가 나를

스스로 변명해 봐도 마라톤은 아주 명확했다. 내 페이스가 아무리 정교해도, 내 호흡이 아무리 안정적이고 내 풍선이 아무리 눈에 띄어도, 뒤가 비어 있으면 그건 실패다. 그때 나는 결국 한 가지를 돌아보게 됐다. 내 '능력'이 아니라, 내 '태도'를. 나는 혹시 너무 앞만 보지 않았나. 혹시 사람들의 표정을 확인하지 않았나. "따라오세요."만 말하고 "괜찮아요?"는 묻지 않았나. 나는 혹시 누군가 숨이 무너지는 소리를 들었는데도, 유연하게 대응하지 못한 걸까.

리더십은 실력으로 시작할 수는 있어도, 실력만으로 유지되지는 않는다. 특히 달리기처럼 숨이 얕아지는 순간이 있는 세계에서는 더 그렇다. 사람은 강한 사람을 존경할 수는 있지만, 끝까지 붙어 있지는 않는다. 사람들이 따르는 건 완벽한 사람이 아니라, 자기를 사람으로 대해 주는 사람이었다. 자기의 속도를 존중해 주는 사람. 무너지는 순간을 부끄럽게 만들지 않는 사람. **같은 목표를 향해 가면서도 '너 혼자 힘들지 않게' 해 주는 사람. 그게 리더의 인성이고, 페이스메이커의 배려였다.**

그 이후부터 그룹 리딩을 할 때 나는 자꾸 뒤를 돌아보게 됐다. 뒤를 보면 내 리듬이 흔들릴 수 있다. 그래도 본다. 따라오고 있는지, 표정은 괜찮은지, 어깨에 힘이 들어가진 않았는지.

"물은 마셨어요?" "괜찮아요?"

말이 길 필요는 없다. 짧은 한마디면 된다. 그 한마디가 누군가에게는 '나 아직 혼자 아니구나'라는 숨이 된다. 그리고 그 사람이 내 숨과 비슷한 리듬으로 다시 붙어올 때, 그때 나는 묘하게 안심한다. 속도가 조금 늦어지더라도 '아, 오늘은 같이 가는 중이구나.' 리더십은 결국 이런 거다. 내가 혼자 멋지게 도착하는 게 아니라, 누군가가 나를 믿고 끝까지 같이 와주는 것.

믿음은 기록에서 생기지 않는다. 일관성에서, 격려의 언어에서, 우리에게 맞는 속도를 찾으려는 태도에서, 배려에서 생긴다. 기록을 맞추는 건 생각보다 쉽다. 앞만 보고 달리면 된다. 하지만 함께 도착하는 건 속도만으로는 안 된다. 사람을 봐야 하고, 숨을 들어야 하고, 때로는 내 리듬을 조금 내줘야 한다. 그걸 한번 배운 뒤로, 나는 페이스메이커의 풍선이 예전처럼 '멋'으로만 보이지 않는다. 그 풍선 아래에 붙어 있는 건 기록이 아니라 믿음이라는 걸 알게 됐으니까.

기록도 중요하다. 하지만 기록만큼 중요한 게 있다. 함께 도착한 사람의 숨소리. 결승선 앞에서 누군가 내 옆에 멈춰 서서, 고개를 숙인 채 숨을 고르는 그 소리. 그 소리는 숫자로 남지 않지만, 아주 오래 남는다. 그 숨을 들었을 때 나는 안다. 오늘 나는 혼자 잘 달린 사람이 아니라 누군가가 끝까지 나를 믿고 붙어올 수 있게 한 사람이었구나. 그 숨이 내 곁에 남아 있다면 나는 오늘 좋은 페이스메이커였다고, 좋은 러닝메이트였다고 믿을 수 있다. 그리고 어쩌면, 조금 괜찮은 리더였다고도.

그리고 다음 대회장에 가면, 나는 또 풍선을 보겠지. 머리 위로 흔들리며 "나 좀 보세요"라고 말하는 그 풍선들. 그때 나는 예전처럼 멋지다는 생각보다 먼저, 뒤를 한번 돌아볼 것 같다. 풍선이 아니라 사람을 보려고.

언젠가 내가 달릴 수 없게 되는 날이 와도, 나는 내가 어떤 속도로 살았는지보다 누구의 숨을 옆에 남겨두고 왔는지를 더 오래 기억할 것 같다. 그리고 그 기억 하나면, 다시 시작할 수 있을 것 같다.

속도를 맞춘다는 건
사랑의 기술이다 。

러너 커플이 많아졌다는 말에 고개가 절로 끄덕여진다. 달리기는 사람을 유난히 빨리 친해지게 만드는 운동같다. "어떻게 만났어요?" 하고 물으면, 러너들 사이에는 비슷한 이야기가 참 많다. 크루에서 주말 장거리 모임(LSD)을 하기로 했는데 당일 아침 다들 노쇼를 해버려서, 약속 장소에 남자 한 명과 여자 한 명만 남았다는 이야기다. 아직은 어색한 사이였던 두 사람은 '어쩌지?' 하고 서 있다가, 이왕 나온 김에 "그럼… 뛰시죠." 하고 함께 20km를 달렸고, 그 거리 끝에서 호감이 시작됐다고 한다. 또 어떤 커플은 크루에서 트레일러닝을 하러 갔다가 한 사람이 발을 접질렀고, 걸어서 산을 내려오지 못하는 상황에서 다른 사람이 업고 내려오며 관계가 시작됐다고 한다. 달리기는 말보다 호흡이, 포장보다 진짜 내면이 먼저 드러나기 때문이다. 누군가를 처음 만났을 때 '어떤 사람인지'를 가장 빨리 알려주는 건 대개 말솜씨가 아니라 숨이 가빠졌을 때의 태도다. 그 사람이 앞만 보는지, 옆을 보는지, "괜찮아?"라는 질문을 할 줄 아는지. 그런 것들은 몇 킬로만 지나도 금세 드러난다.

내가 그걸 어떻게 아냐고? 나도 달리기를 하면서 남편을 만났다. 그리고 연애 2년 동안 가장 고마웠던 순간을 떠올리면 로맨틱한 데이트가 아니라(사실 데이트도 매주 마라톤 대회장에서 했다) 사막의 피니시라인이 먼저 떠오른다. 2019년 몽골 고비사막 마라톤의 마지막 결승선이었다. 남편은 한국에서 몽골까지 비행기로 4시간을 날아오고, 다시 차로 울퉁불퉁한 길을 6시간 달려 나를 데리러 왔다. 나는 7일 동안 세수도 제대로 하지 못했고, 머리도 감지 못했다. 옷은 땀과 소금에 절여져 흰 띠를 여러 개 두른 것처럼 보였다. 아무리 그래도 나도 여자인데… 가장 부끄러운 모습으로 그를 맞이했다. 특히 그곳에서 내 양말은 말 그대로 걸레 같았다. 모래와 땀과 소금이 굳어 발에 달라붙어 있었고, 발가락 사이까지 사막이 들어가 있었다. 그런데 남편은 그 양말을 자기 손으로 벗겨 주었다. 조심스럽게,

아주 조용히, 마치 그게 내 부끄러움까지 함께 벗겨 주는 일인 것처럼 다뤘다. 그리고 그 상태의 나를 안아 주었다. 그 순간, 이 사람은 내가 반짝일 때만 나를 좋아해 주는 사람이 아니라는 걸 알았다. 이 사람은 내가 무너져도 나를 지켜줄 수 있는 사람이구나, 라는 조용한 확신이 생겼다.

대회장 아침에 중년 부부들을 볼 때마다 기분이 좋아지는 이유도 거기 있다. 나란히 서서 워치를 켜고, 젤을 정리하고, 모자를 고쳐 쓰고, 특별한 말 없이 함께 출발선으로 걸어가는 모습은 그 자체로 단정한 응원처럼 보인다. 중년의 시간을 아직 살아보지 않았지만, 그 나이에도 같이 공유할 수 있는 무언가가 있다는 사실은 분명 큰 힘이 된다. 함께 늙는다는 말이 현실에서 가장 아름답게 보이는 순간, 바로 그런 장면일지도 모른다.

시카고 마라톤을 달리고 혼자 호텔로 터벅터벅 들어가던 날, 나는 더 확실히 알게 되었다. 완주 메달이 목에 걸려 있어도 몸이 텅 비고, 발바닥이 뜨겁고, 얼굴은 땀과 소금으로 굳어 있고, 주변의 축제 소리가 점점 멀어졌다. 완주는 끝이지만 동시에 이상한 공백의 시작 되었다. "살았다…. 이제 들어가서 쉬자." 그때 내 앞에서 노부부가 손을 꼭 잡고 호텔로 들어가는 뒷모습이 보였다. 노신사는 싱글렛 차림에 목에는 메달이 걸려 있었다. 아마 그도 방금 풀코스를 완주했을 것이다. 등은 약간 굽었지만 어깨는 당당해 보였다. 둘의 걸음은 빠르지 않았고, 오히려 조심스러웠다. 그 느림이 초라해 보이지 않았다. 그 느림은 오래 쌓인 신뢰처럼 단단해 보였다. 나도 모르게 입꼬리가 올라갔고, 주변의 다른 러너들도 이유 없이 크게 미소 짓고 있었다. 누구도 말은 하지 않았지만, 모두가 같은 감정을 알아챈 표정이었다. 함께 걷는 노부부를 보는 것만으로도 몸의 피로가 옅어질 수 있다는 확신이 들었다.

사막 마라톤에서도, 시카고 마라톤에서도 그날의 확신은 결국 '속도'에 대한 확신이었다. 내가 빠를 때가 아니라 느릴 때의 나를 감당해줄 수 있는 사람. 내가 가장 초라할 때도 옆에 설 수 있는 사람. 내가 무너진 모습을 보고도 뒷걸음치지 않는 사람. 사랑은 그런 사람에게서 시작된다. **속도를 맞춘다는 건 결국 상대의 오늘을 받아들이는 일이다.** 달리기는 그 사실을 아주 정직하게 보여준다. 함께 달리는 동안에는 숨길 수가 없기 때문이다. 숨이 차고, 다리가 무겁고, 말이 줄어드는 순간에야 관계의 본질이 드러난다.

달리기에서 '속도를 맞춘다'는 말은 단순한 페이스 조절이

아니다. 누군가의 숨이 흐트러질 때 내 욕심을 한 번 접는 일이다. 내 컨디션이 좋다고 해서 상대의 컨디션까지 좋을 거라고 착각하지 않는 일이다. 그래서 속도를 맞춘다는 건 사랑의 기술이지 않을까. 빠른 사람이 속도를 낮출 줄 아는 기술, 그리고 느린 사람이 자기 속도를 부끄러워하지 않을 줄 아는 기술 말이다. 그리고 둘이 "오늘은 여기까지면 됐다."라고 말할 줄 아는 기술이다. 그 기술이 쌓이면 언젠가 달릴 수 없게 되는 날이 와도 함께 걸을 수 있다. 메달이 없어도, 기록이 없어도, 같은 방향을 바라보며 손을 잡고 들어갈 수 있다. 사랑은 결국, 오래 가는 리듬을 함께 만들어내는 일이니까.

혹시 지금 내가 속도를 맞추기 위해 신경 쓰고 있는 누군가가 있는가. 그 질문에 떠오르는 얼굴이 있다면, 사랑은 이미 그 사람 곁에서 조용히 연습되고 있다.

완벽한 기록 대신
살아있는 자기 신뢰。

소개팅에도 공식 질문이 있듯, 달리기에도 처음 만난 사람끼리 오가는 질문이 있다. "페이스가 어떻게 되세요?" "몇 분 뛰세요?" 마라톤을 뛰었다고 말하면 더 빠르게 질문이 도착한다. "완주했어요?" 대답도 전에 "기록은요?"가 먼저 튀어나온다. 악의가 있어서가 아니라 러너들끼리는 숫자로 서로를 금방 이해할 수 있으니까. 기록은 공용어다. 나도 그 언어를 꽤 오래 사랑했다. 숫자가 좋으면 당연히 기분이 좋고, 숫자가 나쁘면 하루가 부족한 기분. '성실하게 달렸다'는 증거가 손목 위에 딱 박히면 기록이 나를 칭찬해 주는 짜릿함까지 느낀다.

예전의 나라면 대회장의 맨 앞줄로 갔을 거다. 스타트라인의 앞쪽 공기는 다르다. 조금 더 날카롭고, 조금 더 조용하고, 조금 더 '나는 오늘 해낼 거야' 같은 얼굴들이 있다. 그 자리에 서면 괜히 심장도 한 박자 더 빠르게 뛰고, 끈도 한 번 더 당겨 묶게 된다. 마지막으로 워치를 확인한다. "오늘은 한다." 그 말을 믿기 위해서. 그런데 요즘의 나는, 유아차와 함께라 어쩔 수 없이 맨 뒤에서 출발한다. 안전 때문에 늘 뒤다. 선두그룹이 달리기 시작한 지 60분이 지나서야 내 차례가 되는 날도 있다. 예전의 나라면 그 60분이 억울했을지도 모른다. '한 시간이나 늦게 출발했네' '에잇 이건 불합리하잖아.' 그런 생각이 먼저였을 거다. 그런데 뒤에서 뛰어 보니 안 보이던 것들이 보였다.

유아차러닝을 하다 보면 종종 '진귀한 구경'을 한다. 말 그대로, 귀한 장면들이 지나간다. 예를 들면 만화 속 캐릭터들과 함께 달릴 수 있다는 것. 스펀지밥이 내 앞에서 팔을 흔들며 달리고, 카피바라가 느긋하게 뛰고, 공룡이 덩실덩실 앞으로 간다. 그중에서도 가장 반가웠던 건 아기상어였다. 당시 25개월 첫째 딸의 최애 캐릭터. 게다가 파란색의 아빠상어였다. 나는 유아차에 아이를 태우고 달리고, 눈앞에서는 아기상어가 달리고 있었다. 또 옆에는 '개모차', 강아지를 태운 유아차가 함께 굴러가고 있었다. 아이는 유아차에서 눈을 반짝이며 아기상어를 따라 손을 흔들고, 강아지는 유아차 안에서 세상을 얌전히 구경했다.

그 장면을 보는 순간, 나는 이상하게 웃음이 났다. 아니, 이게 뭐라고. 마라톤이 이런 풍경도 품을 수 있구나. 우리는 지금 '기록'을 경쟁하는 게 아니라 각자의 하루를 각자의 방식으로 완주하고 있구나. 그리고 그때 처음으로 아주 선명하게 느꼈다. 요즘의 마라톤은, 적어도 내가 뒤에서 바라본 마라톤은 기록도 중요하지만, 그보다 더 많은 사람들이 대회 자체를 즐기는 방향으로 움직이고 있었다. 저마다의 속도로, 저마다의 이유로. 누군가는 가족과 함께, 누군가는 처음, 누군가는 회복으로, 누군가는 그냥 '살아있음'을 확인하려고. 그 모습이 참 멋있어 보였다. 빠른 사람도 멋있지만, 자기 속도를 알고 있는 사람은 더 멋있어 보였다. 기록이 아니라 완주 그 자체에 의미를 두는 사람. 기억도 기록만큼 더 소중하다는 걸 아는 사람.

그게 뭐냐고 묻는다면 나는 이렇게 말한다. 자기 신뢰. 나의 체력과 컨디션이 전과 다르고 마음에 안 들어도, 내가 무너진 구간을 '실패'로만 부르지 않는 것. 내가 욕심을 내려놓고 빨리 달리지 않아도 충분히 순간을 축제처럼 즐길 수 있는 것. 다리가 기대보다 무겁고 느려도 그날의 더위와 바람과 내 몸의 상태를 있는 그대로 인정하는 것. 무엇보다, 기록이 마음에 들지 않아도 나는 다음 대회에 다시 서는 사람이라는 걸 아는 것.

나는 한동안 '기록'으로 나를 설득해왔다. 숫자가 좋으면 "역시 나는 살아있네." 숫자가 나쁘면 "나는 부족해." 그런 방식으로 나를 평가했다. 단순히 마라톤에서만의 숫자를 의미하는 것은 아니다. 시험 점수, 인사 평가, 카페 매출, 몸무게. 그런데 유아차와 함께 뒤에서 달리기 시작하면서 나의 평가 방식이 조금씩 바뀌었다. 아이의 숨소리, 바퀴가 바닥을 굴러가는 소리, 누군가가 뒤에서 "멋져요!"라고 응원하는 목소리, 그리고 그 질문에 "감사합니다!"라고 웃으며 대답하는 나의 목소리. 이상하게도 조급하거나 마음이 흔들리지 않았다. 기록이 덜 중요해진 게 아니라, 기록보다 더 중요한 게 생긴 거다.

"나는 나 자신을 믿어."
"나는 오늘도 내 방식으로 완주할거야."
"나는 무너져도 다시 일어나."

이 확신. 이 믿음. 누가 주는 것도 아니고, 워치가 찍어 주는 것도 아닌, 내 안에서 자라나는 믿음. 그게 자기 신뢰다. 나는 그날 이후로 대회를 다르게 기억한다. 숫자는 흐려지고 대신 장면이 남는다. 아기상어의 과장된 걸음, 딸의 반짝이는 눈, 내 손에 닿던 유모차 손잡이의 미세한 진동. 그리고 무엇보다, '각자의 속도'로 지나가는 장면. 그 장면은 마라톤이 나에게 준 새로운 문장 같다.

'완주에는 여러 속도가 있다.'
'중요한 건 가장 빠른 속도가 아니라, 내가 나를 버리지 않는 속도다.'

그러니까, 혹시 지금 기록이 마음에 들지 않는 러너가 있다면, 혹은 이제 막 달리기를 시작해서 "몇 분대야?"라는 질문 앞에서 주눅이 드는 사람이 있다면 나는 이렇게 말해주고 싶다.

기록은 분명 중요하다. 하지만 기록이 오늘 당신을 무너뜨리게 두지는 말자. 기록은 당신의 전부가 아니라, 당신의 일부다. 그리고 당신의 진짜 실력은 숫자보다 오래 남는다. 다시 신발끈을 묶는 힘. 넘어진 구간을 '끝'이라고 부르지 않는 마음. 다음 레이스에 다시 서는 용기. 결국 중요한 건 '기록'이 아니라, 자기 신뢰다. 숫자가 아니라 내가 나를 믿는 방식. 오늘의 기록이 어떤 숫자였든 상관없이 당신이 지금도 달리고 있다면, 그건 이미 충분히 멋진 신뢰의 증거다.

놓지 않는 방식이다"

Did Not Finish?
Do Not Fail! 。

나는 DNF가 제일 무서웠다. Did Not Finish. 애써 달렸는데 시간에 쫓겨, 묵직한 다리에 눌려 완주 못 함. 미완의 낙인. 러너들끼리도 말끝이 조심스러워지는 그 단어. 근데 요즘은 분위기가 좀 달라졌다. 똑같이 중도에 멈춰도 그걸 꼭 실패로 부르지 않는다. 아니, 아예 문장을 바꿔버린다. 같은 DNF로 글자는 그대로 두고 뜻만 바꿔서, 사람을 살리는 방향으로. 어쩌면 러너들이 제일 잘하는 일이 이런 게 아닐까. 힘든 순간을 농담으로 갈아타는 것. 무너지는 장면을 '다음 장면'으로 바꾸는 것.

누군가는 DNF를 Do Not Finish라고 부르지 않고 이렇게 말한다. Do Not Fail. 이건 실패가 아니다. 그 말을 처음 들었을 때 나도 모르게 웃었다. DNF를 실패가 아닌 '실패가 아니다'로 읽다니. 이게 얼마나 러너다운가. 어깨가 축 처지는 단어를, 어깨를 다시 펴게 만드는 문장으로 바꿔버린다.

생각해 보면 마라톤에서 '멈추는 순간'은 늘 두 종류다. 하나는 정말로 포기하는 멈춤이고, 다른 하나는… 몸을 지키는 멈춤이다. 가끔은 멈추는 게 더 용기다. 본인은 안다. 계속 가면 안 된다는 걸. 그래도 결승선을 향해 끌고 가는 게 멋있어 보일까 봐, '완주'라는 단어가 너무 좋아서, 더 나아가다가 몸이 망가지는 경우가 있다. 그때 DNF는 실패가 아니라 회수다. 내 몸을 다음 시즌까지 안전하게 데려오는 귀환. 그걸 Do Not Fail이라고 부르는 건 꽤 정확하다. 완주를 못한 게 아니라, 나를 망치지 않은 거니까.

이런 말도 있다. Dinner Not Finished. 완주보다 밥부터 먹자. 한국인은 정말 밥으로 통한다. 첫인사는 "밥 먹었어?", 바쁠 때는 "밥은 먹고 해야지.", 아플 때는 "밥 잘 먹어야 금방 낫지.", 헤어질 때는 "다음에 밥 한번 먹자!" 어쩌면 회복의 주문이 아닐까. 마라톤이 나를 아무리 흔들어봐도, 밥은 나를 다시 사람으로 만들어 준다. 씹고 삼키는 리듬이 고통을 잊게 해 주고, 뜨끈한 국물이 목을 타고 내려가면 마음도 가라앉는다. 그때 알게 된다. 오늘 레이스는 멈췄지만 오늘 하루는 아직 끝난 게 아니다. 신기하게도 밥을 먹고 나면 사람은 다음을 생각하게 된다. DNF가 정말로 완전히 끝이면 다음 생각이 안 나야 정상인데, 러너들은 다르다. DNF를 한 사람일수록 빨리 '다음'을 떠올린다. 그게 러너의 체질인지, 러닝이 그런 사람으로 만들어버리는 건지 모르겠지만.

세 번째 번역의 말도 있다. Do Next Faster. 이 말은 진짜 러너의 언어다. 다음엔 더 잘하자.

"다음엔 더 빠르게 하면 되지 뭐."

여기엔 약간의 허세도 있고, 약간의 다짐, 무엇보다 약간의 낙관이 있다. 지금 막 무너졌는데도 '다음'이라는 단어를 입에 올릴 수 있다는 건 사실 꽤 대단한 능력이다. 대부분의 사람은 무너진 순간 '나'를 정의해버린다. "역시 난 안 돼." "난 이 정도야." 그런데 러너는 무너진 순간을 사건으로 만든다. "아, 오늘은 이런 날." 그리고 곧장 다음 장면을 적는다. "다음엔 이렇게 해 보자."

물론 Do Next Faster라고 해놓고 다음 날 바로 진짜 빠르게 뛰는 사람은 흔치 않다. 대부분은 이렇게 된다. "Do Next…

Later." 그게 더 사람답다.

　Later가 붙어도 괜찮다. 중요한 건 방향이니까. 다음이 있다
는 사실. '이게 끝이 아니다'라는 감각. 어차피 마라톤을 한 번
에 완성하는 사람은 없다. 한 번의 레이스로 완벽해지는 사람
도 없다. 그래서 러너들은 실패처럼 보이는 장면을 데이터처
럼 끌어안고, 그 데이터를 들고 다음으로 간다. 똑같은 DNF여
도 말이 바뀌면 마음이 바뀌고, 마음이 바뀌면 다시 신발 끈을
묶게 된다. 그래서 요즘의 DNF는 예전처럼 무겁지 않다. 세
글자가 뜨는 순간에도 누군가는 어깨를 으쓱하며 말한다. "Do
Not Fail이었지 뭐." 그리고 집에 가서는 이렇게 중얼거릴지도
모른다. "Dinner Not Finished." 마지막으로 샤워를 하고 잠들
기 전에, 아주 작게 이런 생각을 한다. "Do Next Faster… 아니
면, Do Next Happier."

　나는 이런 문화가 좋다. 달리기는 원래 엄청 진지해질 수밖
에 없는 운동인데, 그 진지함에만 갇혀버리면 오래 못 한다. 러
너들이 오래 뛰는 비결 중 하나는 아마 이것일 거다. 무너짐을
웃음으로 바꾸는 기술. '실패'라는 단어를 '선택'으로, '회복'으
로, '다음'으로 옮기는 능력. 결국 DNF는 결승선에서 결정되
는 게 아니라, 그 다음 장면에서 결정된다. 내가 그 세 글자를

어떤 문장으로 읽느냐에 따라. 그러니까 언젠가 DNF가 뜨는 날이 와도, 너무 심각해하지 말자. 우리 이제는 안다. DNF는 끝이 아니라, 러너가 살아남는 방식의 다른 이름이라는 걸.

Do Not Fail.
실패한거 아닌데?
Dinner Not Finished.
일단 밥부터 먹자.
Do Next Faster.
다음에 잘하면 되지 뭐.

이 세 문장 사이에서 러너는 다시 사람으로 돌아오고, 다시 러너로 돌아간다.

놓지 않는 방식이다"

Even if i can't run someday

"그 한 발자국이,

너를 여기까지
데려왔어"

불안을 달리면,
불안이 작아진다 。

잘 살고 있는데도 불안할 때가 있다. 예를 들면 이런 거다. 일 정표는 빽빽하지 않고, 통장 잔고도 '당장'은 괜찮고, 아이는 오늘 즐거웠고, 집은 큰일 없이 돌아간다. 그런데도 밤에 누우면 가슴 한가운데가 이유 없이 간질간질해진다. 냉장고 돌아가는 소리만 크게 들리고, 핸드폰 알림이 울린 적도 없는데 환청일까? 손이 먼저 화면을 켠다. 혹시 놓친 메시지가 있나, 내일 일정에 빠뜨린 건 없나, 누군가에게 무례했던 말은 없었나 머릿속이 조용히 바빠진다. '괜찮은 하루였잖아'라고 스스로를 달래보지만, 이상하게도 마음은 대답이 없다. 멀쩡한데 흔들리는 느낌. 잘 살고 있는데도, 불안은 그렇게 슬쩍 찾아온다.

불안은 소리가 없다. 대신 진동이 있다. 주머니 속 핸드폰이 울리지도 않았는데, 벌써 진동이 온 것 같은 착각. 아직 아무도 나를 부르지 않았는데 이미 '나 지금 뭔가 놓치고 있는 것 같아'라는 감각이 먼저 목을 조인다. 문제는 불안이 꼭 큰 사건에서만 오지 않는다는 것이다. 오히려 아무 일도 없을 때 더 잘 온다. 그게 불안의 가장 얄미운 점이다.

노을빛이 핑크색에서 보라색으로 넘어가는 시간에 달리러 나갔다. 하늘은 낮에 비를 한 번 흘리고 멈춘 뒤였다. 아스팔트는 아직 젖어 있었고, 항상 붐비는 잠수교는 그날따라 한가했다. 가로등 불빛이 물기 위에서 괜히 반짝거렸다. 마치 도시가 울음을 닦고 촉촉이 화장을 다시 한 얼굴 같았다. 첫걸음이 바닥을 밟는 순간, 신발 밑창이 살짝 미끄러졌다. 나는 본능적으로 조심스러워졌다. 불안이란 이런 거다. 미끄러질까 봐 조심하다가 오히려 더 긴장해서 미끄러지는 것. 나는 급 속도를 낮췄다. 어깨를 풀고 목을 한 번 돌리고, 팔을 가볍게 흔들었다. 그리고 숨을 들이마셨다. 젖은 공기 냄새가 폐로 들어왔다. 천천히 뛰었다. 정말 천천히.

불안은 보통 질문으로 온다. "이대로 괜찮을까?" "내가 놓치고 있는 건 없을까?" "혹시 나만 뒤처지는 건 아닐까?" 질문이 많아지면 마음이 좁아진다. 좁아진 마음은 숨을 더 짧게 만든다. 그런데 달리기는 질문을 줄인다. 질문 대신 감각을 늘린다. 바람이 뺨을 스치고, 발바닥에 젖은 바닥이 전달되고, 팔이 앞뒤로 오가고 심장이 일정한 박자로 두드린다. 질문이 멀어지고, 박자가 가까워진다. 습습 후후, 습습 후후, 스읍 후후, 스읍 후후. 리듬이 맞춰지면 마음이 얌전해진다. 그래서 이 리듬을 만들어내는 달리기가 좋은걸까. 내가 내 안에 작은 질서를 만드는 것만으로도, 불안은 조금 작아졌다.

반포한강공원의 가로수들이 늘어선 길로 접어들었다. 젖은 잎들이 바람에 흔들릴 때마다, 잎사귀가 작은 박수를 치는 것처럼 소리를 냈다. 파사삭, 파사삭. 비가 갠 뒤 여전히 남아있는 촉촉함과 함께 깊으면서도 후련한 숨이 뿜어져 나왔다. 순간 마음이 조금 편안해짐을 느꼈다. 불안이 완전히 사라졌냐고 묻는다면, 아니다. 불안은 쉽게 사라지지 않는다. 하지만 달리기를 하고 나면 나는 확실히 느낀다. 불안의 크기가 변한다는 걸. 불안은 내 얼굴만 하던 날도 있고, 내 손톱만 하던 날도 있다. 세상이 바뀐 게 아니라 내가 불안을 바라보는 거리감이 바뀐 걸까? 달리기는 거리를 두게 해 준다. 그리고 거리감이 생기면 사람은 선택을 할 수 있게 된다.

"지금 당장 결론 내리지 말자."

"지금은 그냥 이 속도로 계속 가자."

"오늘의 나는 여기까지만 해도 된다."

그날 나는 특별히 많은 거리를 뛰지 않았다. 4.5km. 하지만 돌아오는 길에 분명히 알았다. "완벽해야 안전해"라는 목소리는 늘 정답처럼 들리지만, 그건 불안이 자기 존재를 키우는 방식일 뿐이다. 아파트 정문에 다다르기 전, 나는 잠깐 멈춰 서서 하늘을 올려다봤다. 보라색의 하늘은 어느덧 짙은 남색이 되었고 구름 사이로 달이 희미하게 보였다. 선명하지도 않았고, 완벽하게 동그랗지도 않았고, 예쁜 손톱 달도 아니었다. 하지만 희미해도, 가려져도, 달은 달이다. 이상하게도 그게 좋았다. 달은 선명하지 않아도 달이었다. 가려져도 제 자리에 있었고, 완벽하지 않아도 사라지지 않았다.

그날 내가 얻은 건 대단한 깨달음이 아니라, 증거였다. 불안한 날에도 신발 끈을 묶었고, 밖으로 나와 4.5km를 내 다리로 끝냈다. 불안은 '못 움직이게' 하는 감정 같기도 하다. 결정을 미루게 하고, 몸을 얼게 하고, 숨을 얕게 만든다. 그런데 달리기는 정반대로 작동한다. 몸을 움직이고, 숨을 길게 만들고, 오늘을 '실행 가능한 크기'로 쪼갠다. 그래서 불안은 달리기 앞에서 자꾸 작아진다. 내가 강해져서가 아니라, 내가 내 몸으로 '가능'을 증명했기 때문에.

우리 집 현관 앞에서 나는 쿨다운을 하며 마지막으로 숨을 길게 내쉬었다. 불안은 여전히 어딘가에 있을 것이다. 불안은 사라지지 않을 수도 있다. 하지만 중요한 건 그게 아니다. 불안이 있어도 내가 할 수 있는 일이 남아있다는 것. 그리고 그 일을 하나라도 해낼 수 있다는 것. 그러니까, 불안을 달리면 불안이 작아진다. 정확히 말하면, 불안이 작아지는 게 아니라 불안의 자리가 작아진다. 내 삶의 가운데를 차지하던 불안이, 옆자리로 비켜난다. 그제야 나는 선택할 수 있게 된다. 오늘을 망칠지, 오늘을 통과할지. 지금 결론을 내릴지, 지금은 한 발만 더 옮길지.

글쓰기와
달리기 。

강연장에서 사람들이 나를 소개할 때, 먼저 '러닝전도사'라고 부르고 그다음에 '작가'를 붙인다. 그 순서가 나쁘지 않다. 나는 달리는 사람이고, 쓰는 사람이다. 그리고 요즘은 더 자주 이렇게 생각한다. 이 둘은 두 개가 아니라, 사실상 같은 한 가지일지도 모른다고.

이번 책까지 하면 나는 여섯 권째 책을 쓰는 셈이다. 누군가는 놀란다.

"도대체 언제 글을 썼어요?"

이 질문을 거의 러너들 사이의 "페이스 몇이에요?"만큼 자주 든는다. 바쁜데, 아이도 있는데, 러닝 행사도 하고, 빵집도 운영하고, 촬영도 하고, 어떻게 책을 여섯 권이나 쓰냐고. 사람들은 '시간'을 묻지만 사실 그 질문 속에는 '방법'이 있다. 그래서 나는 늘 같은 대답을 한다.

"저는 달리면서 글을 썼어요."

처음 들으면 조금 허세 같을 수도 있다. 달리면서 무슨 글을 써. 숨차서 "하…" 밖에 못 하는데. 그런데 진짜다. 나는 달리면서 글을 쓴다. 손으로 키보드를 두드리는 게 아니라, 몸으로 문장을 끌어낸다. 달리면서 떠오른 문장을, 숨이 끊기기 전에 핸드폰 녹음 버튼을 누르고 중얼거린다.

"불안을 달리면 불안이 작아진다."

달리다 갑자기 중얼중얼 말하는 사람을 본 적 있나? 그게 나다. 누가 보면 혼잣말하는 사람인데, 사실 나는 러닝 중에 글을 쓰고 있는 중이다.

사실 작가인 나에게도 글이 막히는 순간이 많다. 책을 쓰다 보면 더 자주 막힌다. "오늘은 진짜 쓸 말이 없다." 그런 날이 꼭 온다. 노트북 앞에 앉아있는데 커서만 깜빡이고, 마음은 계속 딴 데를 보고, 손은 괜히 컵만 만지작거린다. 그럴 때 사람들은 흔히 더 몰아붙인다. "앉아! 써야 돼! 생각해 내!" 근데 그

럴수록 글은 더 도망간다. 글은 잡으려고 하면 더 멀리 도망가는 동물 같다. 그때 달리기가 개입한다.

달리기는 글을 '생산'하라고 몰아붙이지 않는다. 달리기는 문장을 '쓸 수 있게' 만들어 준다. 글이 나오기 좋은 상태로 몸을 만들어 주는 것이다. 숨이 깊어지고, 심장이 일정한 박자를 만들고, 발이 리듬을 만들면 머릿속도 같이 리듬을 만든다. 내 경우, 달리기 시작하고 10분쯤 지나면 이런 변화가 온다. 처음에는 생각이 시끄럽다. 오늘 할 일, 못한 일, 보낸 메시지, 잊어버린 것, 괜히 마음에 걸리는 말. 그런데 어느 순간 생각이 정리된다. 아까는 머릿속이 재래시장이었다면, 그때부터는 서점이 된다. 가지런히 정리된 책들처럼, 문장들이 제자리로 돌아온다.

달리는 동안 떠오르는 글은 '진짜'이기도 하다. 글쓰기에는 늘 유혹이 있다. 잘 써 보이고 싶고, 있어 보이고 싶고, 똑똑해 보이고 싶다. 책을 쓰는 사람이라면 누구나 그 유혹에 걸린다. 나도 그렇다. 그런데 달리는 중에는 그 유혹이 좀 줄어든다. 왜냐하면 뛰는 내 모습은 애초에 있어 보이지 않기 때문이다. 얼굴이 벌겋고, 땀에 머리카락이 붙고, 숨은 '하… 후…'로 끊기고, 배에서 괜히 꼬르륵 소리가 날 때도 있다. 달리는 동안의 나는 '꾸며진 나'가 아니라 '살아있는 나'에 가깝다. 그 상태에서 떠오르는 문장은 대체로 솔직하다. 멋 내지 않고, 덜 포장되고, 대신 정확하다. 날것이 되려 생생함을 전해준다. 우리가 '정답'에 감동하는 게 아니라 '진짜'에 흔들리는 이유다.

러너들이 공감할 거다. 달리는 중에 생각이 제일 잘 정리되는 거. 왜 샤워할 때 아이디어가 떠오르듯, 산책할 때 결론이 나듯. 달리기는 내게 그 역할을 한다. 나는 달리기로 글을 '떠올리고', 글로 달리기를 '기록한다.' 그래서 나는 달리기를 운동'이라고만 부르지 못한다. 달리기는 내게 정리하는 시간이고, 선택을 고르는 시간이고, 때로는 문장 하나를 건져 올리는 시간이다. 이렇게 달리며 쓰는 사람이라서, 오히려 더 자주 묻게 된다.

"언젠가 이걸 못 하게 되면?"

글쓰기의 좋은 점은 나를 남겨 준다는 것이다. 달리기는 몸을 남기고, 글쓰기는 마음을 남긴다. 달리기를 하면 체력이 쌓이고 폐활량이 좋아지고 다리가 강해진다. 그건 분명 멋진 변화다. 동시에 아주 솔직한 변화이기도 하다. 몸은 늘 변한다. 컨디션에 따라 흔들리고, 계절에 따라 달라지고, 시간이 지나면 속도가 느려지기도 한다. 그래서 언젠가 달릴 수 없는 날이 온다는 사실을, 러너인 나는 누구보다 잘 안다. 그렇다면 그때 내게 남는 건 뭘까. 나는 그 질문을 오래 품고 살았고, 결국 언제나 한 가지로 돌아왔다. 글이다.

글은 내가 사라지지 않는 방식이다. 오히려 그때의 나를 계속 살아있게 만든다. 내가 어떤 마음으로 달렸는지, 어떤 두려움 속에서 신발 끈을 묶었는지, 왜 그날은 유난히 울컥했는지. 그런 것들은 숫자처럼 닳아 없어지지 않고, 이야기가 되어 오래 남는다. 기록이 아니라 기억으로. 그리고 기억이 아니라 이야기로.

언젠가 달릴 수 없게 되어도, 나는 글을 쓸까? 우리는 모두 언젠가 달릴 수 없게 된다. 그게 내일은 아니겠지만, 언젠가는 온다. 그래서 나는 자주 상상한다. 만약 내가 달릴 수 없게 된다면, 나는 무엇으로 숨을 쉴까? 그때도 나는 글을 쓰고 싶다. 달리기로 만들던 리듬을 글로 만들 것이다. 다리로 하던 일을 문장으로 할 것이다. 달리기가 나를 '밖으로' 데려갔다면, 글쓰기는 나를 '안으로' 데려갈 거다. 그리고 그 안에서 나는 또 다른 레이스를 할 것이다. 페이지라는 트랙 위에서.

그렇다면 반대로. 언젠가 글을 쓸 수 없게 된다면, 나는 달리기를 계속 할까? 글이 멈춰도, 몸이 움직일 수 있다면 나는 뛰고 싶다. 글은 종이에 남지만 달리기는 내 안에 남는다. 내가 글을 못 쓰는 날에도, 달리기는 내 마음을 정리해 줄 테니까. 결국 둘은 같은 일을 한다.

달리기는 나를 앞으로 보내고, 글쓰기는 나를 이해하게 한다. 달리기는 내 삶을 움직이게 하고, 글쓰기는 그 삶을 의미로 바꾼다. 그래서 작가 중에 러너가 많고, 러너 중에 작가가 많은 걸까. 둘 다 결국 같은 걸 사랑하는 사람들이니까. 계속 달리고 싶은 사람. 계속 쓰고 싶은 사람. 둘은 같은 마음을 가지고 있다.

오늘도 나는 달리다가 문장을 주웠다. 그리고 집에 돌아와 그 문장을 적는다. 나는 알고 있다. 내 인생에서 달리기와 글쓰기는 서로를 버리는 관계가 아니라, 서로를 살리는 관계라는 걸. 그리고 그 둘이 함께였기에, 여기까지 왔다.

달리기는 늘
'미완'으로 끝나서 더 좋다 。

달리기는 그렇다. 출발선에서는 다들 비장하다. "오늘은 전부 다 쏟아내야지." "이번엔 끝까지 간다." 심지어 신발 끈도 평소 보다 한 번 더 꽉 묶는다. 그런데 웃긴 건, 그렇게 결승선을 향해 달려가 놓고도 막상 피니시라인에 도착하면 그곳이 종착점이 아닐 때가 많다는 거다. 무슨 말이냐면, 메달이 목에 걸리고 숨이 턱까지 차오른 채로 물 한 모금 삼키는 순간, 입에서 제일 먼저 나오는 말은 대개 이런 거라는 뜻이다.

"다음엔 하프도 한 번…?"
"이제 해외 마라톤도 달려 봐야지."

"훈련 좀 더 하면 PB 가능하겠는데?"

그러니까 우리는 처음부터 '끝'을 향해 달린 게 아니라, 늘 새로운 시작을 향해 달리고 있었던 셈이다. 달리기에서의 '미완'은 속상한 아쉬움이 아니라, 아주 건강한 확신이다.

"조금 더 할 수 있을 것 같아."
"나한테는 다음 대회가 있지!."

그 말을 달리기는 억지로 설득하지 않는다. 그냥 뛰고 나면 몸이 알아서 내게 말해 준다.

대회장에 가면 시작부터 재밌다. 아침 공기도 아직 덜 깼는데, 사람들은 이미 다 깼다. 출발지 근처에는 긴장감이 떠다닌다. 누군가는 신발 끈을 두 번 묶고, 세 번도 묶는다. 젤을 주머니에 넣었다 뺐다 하는 사람도 있다. 넣었다가 "아니야 이건 25km에" 하고 뺐다가, 다시 넣는다. 워치를 켰다 껐다 하는 사람은 또 어떤가. GPS 잡히는지 확인하느라 손목을 하늘로 들어 올리고, 마치 우주랑 교신하는 사람처럼 서 있다.

피니시라인은 더 재밌다. 피니시라인은 축제의 장이다. 누군가는 메달을 목에 걸고 "와, 나 해냈다!" 하고 웃고, 누군가는 바나나를 뜯으며 "다음엔 기록을….." 하고 중얼거린다. 어떤 사람은 벌써 자신의 대회 기록을 분석하고, 또 누군가는 친구랑 하이파이브를 하며, 어떤 사람은 사진 찍을 각도를 찾는다. 정말 재미있는 건, 사람들이 피니시라인에서 말하는 '다음'이 대부분 욕심보다는 놀이에 가깝다는 거다.

"야, 다음엔 서브4 해 볼래?"
"이젠 풀코스도 도전할 수 있겠는데?"
"다음엔 제주도 대회 가자."

피니시라인이 주는 도파민이 있는지, 다들 방금 막 죽다 살아났는데도 미래 계획을 세운다. 이쯤 되면 마라톤은 건강한 취미가 아니라 '계획 세우는 취미' 같다. 달리기의 다음 목표는 꼭 숫자일 필요가 없다. "다음엔 이렇게 해볼까?"라는 실험이면 충분하다. 급수대를 좀 더 매끈하게 통과해 보기. 오르막에서 발을 멈추지 않고 리듬 지켜 보기. 초반에 흥분 안 하고 정말 '내 페이스'로 가 보기. 그 작은 실험들이 달리기를 더 오래, 더 재밌게 만든다. 뭐 하나 꾸준히 못 하던 내가 달리기라는 취미를 10년 동안 이어올 수 있는 이유다. 달리기가 끝나도 이상하게 마음이 계속 달리고 있다.

나는 인생에 달리기의 피니시라인이 꼭 필요한 이유가 있다고 생각한다. 피니시라인은 '끝의 증명'이 아니라, '시작의 증명'이기 때문이다. 인생의 많은 일들은 끝이 나도 끝났다는 느낌이 잘 안 난다. 일도 그렇고, 관계도 그렇고, 마음도 그렇다. 메일 하나를 보내도 '이걸로 됐나?' 싶고, 대화를 마쳐도 '내가 너무 말이 셌나?' 싶고, 하루를 끝내도 '나 오늘 뭐 한 거지?' 같은 찜찜함이 남는다. 끝이 왔는데 끝이 아닌 느낌. 그래서 삶은 종종 너무 흐릿하다.

달리기는 다르다. 달리기는 친절하다. 바닥에 선을 그어놓고 말해 준다. "여기까지 왔어." "수고했어." "이제 쉬어도 돼." 그 말이 눈에 보이게, 발밑에 딱 그어져 있다. 그러니까 우리는 한 번 끝내고, 한 번 쉬고, 한 번 다시 시작할 수 있다. 달리기의 피니시라인은 그 단순한 질서를 우리에게 돌려준다. 그리고 그게 '미완'의 핵심이다.

달리기는 이렇게 말한다.
"끝이 있어야 다시 시작할 수 있어."
"시작을 잘하려면, 끝도 한 번은 지나가야 해."

가끔은 이런 상상도 한다. 만약 인생에도 피니시라인이 눈에 보인다면 어떨까? '오늘의 불안' 피니시라인. '이번 달의 지침' 피니시라인. '올해의 걱정' 피니시라인. 그 선을 딱 넘으면 누가 메달 하나 걸어 주고 이렇게 말해 주는 거다.

"수고하셨어요! 이제 다음 장으로 넘어가시면 됩니다!"(그리고 옆에서 바나나도 준다. 인생엔 바나나가 필요하다.)

근데 현실은 그렇지 않다. 그래서 우리가 달리기를 하는지도 모른다. 달리기는 눈에 보이는 피니시라인을 주고, 그걸 통과하는 법을 몸으로 가르친다. 그리고 그 감각을 삶으로 들고 오게 한다. 아, 끝은 무서운 게 아니구나. 끝은 내가 다시 시작할 수 있다는 증거구나.

아이를 키우면서 나는 '미완'이라는 단어를 더 좋아하게 됐다. 사랑은 완성되는 게 아니라, 매일 업데이트된다. 부모는 완벽해지는 사람이 아니라 계속 배우는 사람이고, 아이도 완성되는 존재가 아니라 계속 자라는 존재다. 그러니까 미완은 실패가 아니다. 미완은 계속하고 싶다는 마음의 형태다. 달리기도 똑같다. 오늘 기록이 어떻든, 오늘 내가 중간에 걸었든 젤을 흘렸든 스타트에서 화장실 줄을 잘못 섰든, 그 모든 건 '끝'이 아니다. 그건 그냥 다음 장면으로 넘어가는 관문이다. 다음 장면이 있다는 사실이 우리를 가볍게 만들고, "망했다!"가 아니라 "아, 다음엔 이렇게 해 보자."로 바꾸니까.

그래서 나는 달리기가 좋다. 달리기는 나를 계속 '완성'시키지 않아서 좋다. 완성시키는 대신, 계속 살아있게 해서 좋다. 피니시라인이 종착점이 아니라 출발점이 되니까. 달리기는 자꾸 내 삶을 앞으로 밀어 준다. 혹시 지금 런태기라면, 인생의 권태기라면 이렇게 생각하고 한 번만 나가보면 좋겠다. 오늘 뛰는 건 '목표 달성'이 아니라, '다음 시작을 위한 예열'이라고. 완벽하게 뛰지 않아도 된다. 그냥 피니시라인 하나만 만들면 된다. 집 앞 편의점까지. 강변 끝 벤치까지. 신호등 하나 더 지나서 돌아오기. 그리고 돌아오는 길에 마음속으로 이렇게 말해 보자.

"끝냈다."
"이제 다시 시작할 수 있다."

맞아. 달리기는 원래 그런 거였지. 끝내는 게 아니라, 계속 시작하는 것. 그래서 늘 미완인 것. 그래서 더 좋은 것.

욕심의 무게를
줄이는 연습。

올해 꼭 해 보고 싶은 게 하나 있다. 두 아이와 함께 산티아고 순례길을 걷는 것. 사실 이 꿈은 오래됐다. 이십 대의 끝자락, 서른 되기 전쯤에는 혼자 배낭 하나 메고 걷고 싶었다. '걷는 여행'이라는 단어가 주는 낭만이 있지 않은가. 그저 생각 없이 걷고, 생각 없이 걷다보면 또 생각이 문득 떠오르는 길. 누가 뭐라 하지 않는 속도. 해가 지면 멈추고, 해가 뜨면 다시 걷는 방식. 그러다 나는 달리기에 빠졌다. 걷기 대신 달렸고, 순례길 대신 마라톤 코스를 찾아 여기저기 다녔다. 그리고 정신 차려 보니 서른이 넘어 있었다. 혼자 길게 떠날 수 없는 엄마의 삶이 되었고, '버킷리스트'는 내 마음 한 켠에 조용히 쌓여 있었다. 꺼내지 않으면 잊히는 줄 알았는데, 이상하게도 잊히지 않았다. 자꾸 남아 있었다. 마치 오래된 러닝화처럼. 닳아 있어도 버리지 못하는 마음처럼. 그리고 마침, 남편이 육아휴직을 하는 시기와 꿈틀대던 내 꿈이 맞물렸다.

"그래. 지금이 아니면 또 언제 해 보겠어."

이번엔 혼자가 아니라 네 식구로. 두 아이는 쌍둥이 유아차에 태우고, 하루 10~20km 정도. 욕심내지 않고 2~3시간만 가볍게, 여행하듯 걷는 순례. 짧게는 한 달, 길게는 한 달 반까지도 생각하고 있다. 산티아고 순례길의 관건은 딱 하나다. 체력? 나쁘지 않다. 기능성 장비? 솔직히 없는 것보다 있으면 좋다. 하지만 진짜 승부는 거기에 없다. 승부는 '무엇을 챙길까'가 아니라 '무엇을 덜어낼까'에서 결정된다. 나는 그 사실을 이미 사막에서 한 번 배웠다.

2019년, 몽골 고비사막 마라톤을 달릴 때 나는 12kg 배낭을 메고 달렸다. 아침부터 오후까지, 어떤 날은 아침부터 새벽까지. 내가 왜 그렇게 무거운 배낭을 메고 달렸냐고 묻는다면 답은 단순하다. 필수 장비였기 때문이다. 사막 마라톤은 일반 마라톤처럼 급수대에서 간식을 주고 응급 부스에서 치료를 해 주는 대회가 아니다. 참가자는 며칠 동안 살아남을 음식과 잠

잘 침낭, 안전장비를 스스로 챙겨야 한다.

예를 들면 이런 것들.
- 정해진 열량을 채우는 동결건조 음식과 에너지바, 젤
- 더위와 탈수를 막기 위한 전해질, 소금, 약간의 비상 당
- 피부가 사막에 갈라지지 않게 하는 바세린, 테이핑, 발 관
  리 용품
- 혹시 모를 상황에 대비한 응급 키트(붕대, 소독약, 진통제 등)
- 밤 기온이 급격히 떨어질 때를 위한 보온 장비(방풍 재킷,
  응급용 은박 담요)
- 대회 규정으로 반드시 소지해야 하는 신호 장비(호루라기,
  헤드랜턴)
- 뜨거운 햇빛을 버티는 모자, 선글라스, 선크림 등

물집 정도는 스스로가 실과 바늘을 소독하고 물집 사이에
넣어 꿰어야 한다. 다행히 동결건조 음식을 데워먹을 수 있는
뜨거운 물은 준다. (참 감사한 일이다.) 그런데 '혹시 몰라서'라는
말이 무섭다. 이상하게 자꾸만 더 넣게 된다. "이것도 혹시 필
요할까?" "만약을 대비해서" "혹시 배고플 수 있으니까…" 그
'혹시'가 배낭을 키운다. 12kg은 숫자로만 보면 별것 아닌 것
같지만, 몸으로 느끼면 다르다. 12kg은 대략 이런 무게다. 생수

여기까지 데려왔어"

2ℓ 여섯 병을 한 번에 등에 업은 느낌, 5kg 쌀 두 포대를 반쯤 메고 뛰는 느낌. 아니면 어린아이 한 명을 등에 업고 모래밭을 달리는 느낌. 그런데 사막에서 그 12kg은 '고정된 무게'가 아니다. 모래가 신발 안으로 들어오고, 땀이 배낭끈을 적시고, 몸이 지치면 12kg이 15kg처럼 느껴진다.

하이라이트는 오아시스의 신기루다. 아지랑이가 피어오르는 모래밭 위에서 멀리 정말 피니시라인이 있는 것처럼 보인다. 그걸 보고 있으면 정신이 몽롱해진다. "저기만 가면 좀 살 것 같은데." 그런데 또 걸어가면 아니다. 다시 멀어진다. 그때 나는 가끔 이런 생각을 했다. '그냥 다 던져버리고 싶다.' 보조 배터리? 사실 필수 장비도 아니고 핸드폰이 터지는 것도 아닌데. 화장품과 클렌징? 귀찮아서 화장도 안 하는데, 잘 보일 사람도 없는데! 전부 버리고 싶다.

사막 마라톤의 재미있는 사실 하나. 1일 차에는 사람들이 외모를 챙긴다. 정말이다. 선글라스 각도도 신경 쓰고, 모자도 예쁘게 눌러쓴다. 심지어 사진도 여기저기서 찍는다. "나 지금 사막 마라톤 뛰는 중!" 같은 표정으로. 2일 차까지도 그럴 수 있다. 아직 '사람'이다. 그런데 3일 차부터는 생존이 더 중요해진다. 샴푸가 웬 말인가. 머리카락? 그냥 묶으면 된다. 얼굴?

땀과 먼지가 섞여서 이미 색이 없다. 깨끗? 사막에는 그런 항목이 없다. 있는 건 단 하나다. 오늘을 통과할 수 있느냐 없느냐. 그때부터 사막 마라톤은 기록 싸움이 아니다. '얼마나 빨리 달리느냐' 대신, 짐도 욕심도 '얼마나 내려놓을 수 있느냐'가 더 중요해진다.

욕심이 많으면 짐이 늘어난다. 짐이 늘어나면 속도가 늦어진다. 속도가 늦어지면 마음이 조급해진다. 조급해지면 더 많은 걸 붙잡으려 한다. 그리고 그 순간 무게가 폭발한다. 사막은 아주 공평해서, 그 무게를 그대로 돌려준다.

"네가 들고 싶은 만큼 들어."
"네가 놓고 싶은 만큼 놓아."
"대신, 네 어깨와 다리로."

사막에서 나는 처음으로 깨달았다. 욕심에도 무게가 있다는 걸. 성공하고 싶은 마음, 완벽하고 싶은 마음, 멋있게 보이고 싶은 마음, 불안해서 준비를 더 하고 싶은 마음. 그 마음들이 다 합쳐지면, 실제로 어깨가 아프다. 정말로. 그래서 산티아고를 생각하면서, 나는 사막에서 배운 걸 떠올렸다. '12kg을 메고 달렸던 사람'답게, 이번에는 더 가볍게 걷고 싶다. 아이

둘을 태운 유아차와 함께라면 내가 들 수 있는 건 생각보다 적을 것이다. 아니, 적어야만 한다.

사막에서 나는 배낭을 줄이지 못했다. 필수라는 이름으로, 혹시라는 이름으로, 욕심이라는 이름으로. 그래서 그 무게를 힘겹게 등에 이고 지고 달리며 배웠다. 그리고 이제는 안다. 가벼움은 준비의 부족이 아니라, 삶을 믿는 방식이라는 걸.

이번 순례의 필수 장비는 어쩌면 이런 것들일지 모른다. 아이들이 낯선 길에서도 웃을 수 있게 해 주는 여유, 계획대로 안 돼도 괜찮다고 말해 주는 유연함, 하루 10km만 걸어도 "오늘 잘했어."라고 말해 주는 자기 신뢰. 그리고 무엇보다, 이 여행의 목적은 완주가 아니라 '함께 걷는 것'이라는 기억. 그 외의 것들은 솔직히 대부분 욕심일지도 모른다. 더 좋은 샴푸, 더 예쁜 재킷, 더 완벽한 사진, 더 멋진 일정표. 그런 시간들은 나중에도 살 수 있다. 하지만 길 위에서의 하루는, 그때만 살 수 있다.

나는 여전히 꿈을 꾸는 사람이다. 다만 예전엔 '혼자 걷는 순례'를 그렸다면, 지금은 '함께 걷는 순례'를 꿈꾼다. 아이들이 고등학생이 될 즈음엔 사막에서 여행하듯 마라톤을 하고 싶고, 지금은 유아차를 밀며 순례길을 걷고 싶다.

　내 인생의 목표는 사실 하나일지도 모른다. 욕심의 무게를 줄이고, 사랑의 무게만 남기는 것. 길은 길게 이어질 것이다. 순례길도, 삶도. 그 길에서 내가 끝까지 들고 가고 싶은 건 기록도, 완벽함도 아니라 아이들이 내 옆에서 숨 쉬고 웃는 소리, 그리고 내가 내게 말하는 작은 문장일 것이다.

　"오늘도 충분해."
　"오늘도 잘 걸었어."
　"이 정도면, 정말 아름답다."

　그렇게 욕심을 조금씩 덜어내면 나도 모르게 어깨가 가벼워지고, 발이 더 멀리 나아갈 것이다. 사막에서 나는 12kg을 메고 달렸지만 올해는 그 무게를 조금 내려놓고 걷고 싶다. 이번에는 신기루를 쫓지 않고, 내 앞에 있는 길을, 내 옆에 있는 사람들을 제대로 보면서 말이다.

모든 달리기에는
이야기가 있다 。

2021년 10월 10일. 세상은 여전히 멈춰 있었지만, 나는 2년 만에 '마라톤 대회'라는 단어를 다시 밟으러 갔다. 시카고. 이름만으로도 심장이 조금 빨라지는 도시. 한국보다 해외가 먼저 방역에 대한 규제가 조금 완화되었기에 코로나 이후 첫 대회였다. 하지만 그때의 심장은 설렘보다 코로나 검사 결과에 대한 문자 알림에 더 민감하게 반응했다. 비행기를 타기 전부터 될까? 되어야만 하는데…. 일단 비행기를 타려면 음성이어야 했고, 입국하려면 또 음성이어야 했다. 무엇보다 배번호를 받으려면 다시 음성이어야 했다.

대회 준비 서류가 왜 그렇게 많고도 비쌌는지, 지금도 또렷하다. 서류가 발목을 잡는 시대였다. 대략 이런 것들이다. 한글백신 접종 증명서와 영문 백신 접종 증명서, 72시간 내 음성 검사 결과, 현지 클리닉에서의 음성 검사 결과. 다행히 음성, 음성으로 모든 관문을 통과했지만 시카고에 도착하고 나서도 한국행 비행기를 타지 못할까 싶어 밖에 나가지도 않고 호텔 방만 지키기도 했다. (불행인지 다행인지 귀국 직후 진행한 검사에서 결국 양성 판정을 받았다.)

대회 당일 아침. 물론 시차 때문도 있겠지만 2년 만의 대회라 잠을 설쳤다. 새벽 4시부터 일어나 기분 좋은 긴장감을 즐겼다. 그 하늘 위를 동동 나는 듯한 설렘으로 출발선에 섰고, 3. 2. 1. 출발! 총성이 울렸다. 마스크 없이 달리는 상쾌한 바람이 얼마 만인가! 자유의 나라에서 자유를 느끼며 신나게 달렸다. 그런데 다시 마라톤 대회에 섰다는 기쁨도 잠시, 20km를 넘기자 숫자들이 갑자기 말을 하기 시작했다. 페이스가 계단 마냥 뚝뚝 떨어졌다. 처음엔 '호흡을 정리하면 다시 돌아오겠지' 했다. 하지만 페이스는 영영 돌아오지 않았다. 오히려 한 계단, 한 계단 점점 내려만 갔다. 그런데 신기하게도 페이스가 떨어지니 옆이 보이기 시작했다. 어떤 사람은 정말로 서글프게 울면서 달리고 있었다. '흑흑'이 아니라, 딱 숨과 같이 터져 나오는 울음. 땀과 눈물이 섞여서 얼굴이 반짝였는데, 그 반짝임이 이상하게 아름다웠다. 그는 아마 2년 동안 누군가의 병상 옆에서 '언젠가 다시 뛰게 되면'을 마음속으로만 말했던 사람일지도 모른다. 그 말을 드디어 몸으로 하는 중이라서 울고 있는지도 모른다.

누군가는 주로 옆으로 잠깐 비틀어 나가더니, 응원하던 애인을 끌어안고 울었다. 마라톤 중간에 포옹을 하면 시간이 아깝다는 걸 모든 러너들이 아는데도, 그 사람은 연인을 안았다. 나는 속으로 멋대로 자막을 붙였다. "이제 됐어. 우리 다시 시작해도 돼." 어쩌면 둘 중 한 명은 실직을 겪었을 수도 있고, 누군가는 가족을 잃었을 수도, 둘이 동시에 무너졌다가 오늘 여기서 다시 서로를 붙잡는 걸지도 몰랐다. 그리고 다른 한 사람. 그는 절규에 가까운 소리를 내며 달리고 있었다. 화난 건지, 슬픈 건지, 기쁜 건지 그 모든 감정이 한꺼번에 몰려온 얼굴. 나는 또 마음대로 상상했다. "나 살아있다!"

사람들은 각자 다른 이유로 여기까지 왔다. 누군가는 타이틀을 위해, 누군가는 복귀를 위해, 누군가는 이별을 견디기 위해, 또 누군가는 누군가를 대신해. 2년이라는 공백을 그저 '달리지 못했다'는 말로 표현하기에는 좀 부족하다. 정확히는 환

영과 환호 속에서 달리지 못했다. 축제 같은 소란, 스타트라인의 떨림, 급수대의 손바닥, 스쳐 지나가는 옆 사람의 온기와 땀방울, 골목마다 터지는 응원, 피니시라인의 "수고했어요!" 같은 말들. 그게 사라진 시간이었다. 너무 당연하게 누려서, 우리는 그게 없어지고서야 알았다. 달리기는 늘 혼자 하는 것 같지만, 사실 그날의 거리는 수천 명이 함께 만든 퍼레이드였다는 걸.

그래서 요즘 대회장에 서면 자꾸만 감사해진다. 같은 공기를 마시며 웃고, 같은 방향으로 몸을 던지고, 모르는 사람끼리도 "파이팅!"을 주고받는 이 분위기. 사회가 더 차가워졌기에 마라톤에서의 그 순간이 얼마나 귀한지 이제는 안다. 예전 같으면 "오늘 기록 잘 나올까?"가 먼저였는데, 지금은 "오늘도 이 장면을 볼 수 있어 참 다행이다."가 먼저 온다. 박수 소리와 발소리가 섞이는 그 웅성거림이, 내겐 이제 거의 축복처럼 들린다. 물론 다시는 마라톤이 '취소 공지'로만 존재하는 계절을 맞고 싶지 않다. 그런 날은 다시 오지 않기를 바란다. 그 기간이 유일한 나의 '달릴 수 없게 된 언젠가'이다. 다시는 스타트라인 대신 집 안에서 스트레칭하고, 피니시라인 대신 뉴스 화면을 보고 싶지 않다. 하지만 만약 정말 만약에 또 그런 날이 다시 찾아온다면, 나는 이렇게 하고 싶다.

그래도 달려야지. 혼자 달리면서도, 이번에는 마음으로 사람들 사이를 달려야지. 예전처럼 대회장에 모일 수 없게 되면, 나는 혼자 골목을 지나가며 상상하겠지. 저 창문 너머에 누군가가 응원 피켓을 들고 있다고. 저 횡단보도 앞에서 누군가가 물 한 컵을 내밀어 준다고. 저 아파트 단지 끝에서 누군가가 "끝까지!" 하고 외쳐 준다고. 그리고 나는 또 달리면서 사람들의 이야기를 내 마음대로 각색할 거다. 그게 작가인 나의 특기니까. 마스크 너머로 숨이 가쁜 사람을 보면 "저 사람은 오늘을 버티려고 뛰는구나" 하고, 어깨가 축 처진 사람을 보면 "저 사람은 어제의 자신을 놓아주려고 뛰는구나" 하고, 조금 느려도 끝까지 가는 사람을 보면 "저 사람은 내일의 자기 이야기를 만들려고 끝까지 끌고 가는구나" 하고.

환호성이 사라지면 내 안에서 환호를 만들어야지. 대회가 사라지면 내 발밑에 작은 피니시라인을 그어야지. 그리고 스스로에게 말할 거다. "오늘도 한 편 완주." "오늘도 무사귀환." 생각해 보면, 달리기의 본질은 늘 거기 있었던 것 같다. 사람이 많든 적든, 피켓이 있든 없든, 음악이 나오든 고요하든. 결국 달리기는 사람의 이야기가 앞으로 가는 방식이다. 그리고 내가 그 이야기를 사랑하는 한 세상이 잠깐 멈춰도, 내 이야기는 멈추지 않을 거다. 그래서 지금은 이 축제가, 이 환호가, 이 소란이 참 고맙다. 우리가 다시 모일 수 있다는 사실이, 다시 함께 달릴 수 있다는 사실이. 나는 오늘도 그 안을 달리며 몰래 생각한다. 부디 오래오래 이 장면이 계속되기를. 혹시 끊기더라도, 또 이어서 달릴 수 있는 용기와 지혜를 갖기를.

트레일러닝 。

마지막으로 산을 달린지 5년쯤 됐다. 지금 내 달리기는 대체로 짧다. 5km, 10km. 아이들 스케줄 사이에 쏙 들어갈 수 있는 거리. 시작했다가, 숨 좀 차고, 끝나면 바로 다시 지하철을 타고 엄마의 세계로 복귀할 수 있는 거리. 그런데 사실 나는 아직도 가끔 산 냄새를 그리워한다. 로드 위에서 똑같이 땀을 흘리고, 똑같이 심장을 뛰게 해도 내 마음 한켠은 늘 산에 걸쳐 있다. 로드를 달리면서도 저 멀리 산이 보이면 주로를 이탈해 곧장 산을 향해 달리고 싶다는 생각을 종종 한다. 나는 사실 로드보다 산을 더 사랑한다. 서울의 산부터 제주도, 호주의 블루마운틴, 코타키나발루까지 국내외 할 것 없이 산을 다니며 달렸다.

트레일러닝은 이름 그대로 '트레일(trail)', 흙길, 산길, 숲길을 달리는 러닝이다. 단순히 달리는 장소만 바뀐 게 아니다. 로드 러닝이 '반듯한 길 위에서 내 페이스를 지키는 운동'이라면, 트레일러닝은 '변하는 길 위에서 내 감각을 깨우는 운동'이라 할 수 있다. 같은 10km여도 완전히 다르게 느껴진다. 로드의 10km는 주어진 긴 줄을 따라가는 느낌인데, 트레일의 10km는 내가 만들어나가는 한 편의 모험 같다.

로드는 대부분 아스팔트다. 균일한 반동, 익숙한 리듬. 그 안정감이 좋다. 반면 산은 매초가 다르다. 흙이 부드럽다가 자갈이 흐르고, 낙엽이 미끄럽다가 바위가 튀어나오고, 나무뿌리가 길을 가로막는다. 그래서 트레일러닝은 달리는 내내 '다음 발', '다음 호흡'을 선택해야 한다. 생각하고, 선택하고, 집중해야 한다. 어디를 디딜지, 어느 속도로 내려갈지, 어디서 호흡을 고를지. 내가 길을 만들어나갈 수 있다.

트레일러닝을 하면 소리도 달라진다. 로드에서는 차 소리, 신호등 소리, 사람들 소리 위에 내 숨이 얕게 얹힌다. 그런데 산에 들어가면 낙엽이 바스락거리는 소리, 자갈이 발밑에서 자르르 흐르는 소리, 흙이 '푹' 꺼지며 눌리는 소리, 멀리서 새가 날아오르며 잎을 치는 소리가 내 숨과 한데 어우러져 자연의 소리를 낸다. 땀도 다르게 난다. 로드에서 땀은 그저 아래로 줄줄 흐르지만, 산에서는 땀이 계절과 높이를 만나 변한다. 정상에서 바람을 맞으면 땀이 바로 식어 소름이 돋고, 내려가면 다시 뜨거워진다. 한여름의 땀은 달리고 내려와 편의점에서 먹는 아이스크림 하나로도 금방 개운해진다. 몸이 자연의 리듬에 맞춰 자꾸 바뀐다. 그 순간만큼은 나도 자연의 일부가 된 것 같아 그게 좋다. 내가 도시의 일정에 맞춰 움직이는 게 아니라, 자연의 박자에 맞춰 움직이는 것 같아서.

코로나로 잠시 대회가 사라졌을 때는 오히려 산을 더 자주 찾았다. 서울둘레길을 따라 100마일(160km)을 달렸다. 사람들이 대회를 잃었다고 말할 때, 나는 여전히 마스크를 쓰고 달릴 수 있는 '길'을 찾아 달렸다. 서울이라는 도시를 한 바퀴 감싸고 있는 그 길을 따라, 하루를 통째로 관통하는 시간을 달렸다. 새벽 다섯 시부터 그다음 날 저녁 여섯 시까지 꼬박 38시간을 달렸으니 100마일은 거리라기보다 '하루, 혹은 이틀을 통과하는 방식'에 가까웠다. 새벽 공기 속에 시작해 오전의 햇빛을 지나고, 오후의 무게를 견디고, 밤의 조용함을 넘어 또다시 새벽, 오전, 그리고 오후를 밟는다. 누가 보면 "그런 걸 왜 해요?"라고 하겠지만 100마일 달리기는 나의 버킷리스트였다.

내가 왜 트레일러닝을 그렇게 좋아했는지, 그리고 왜 지금도 마음이 산을 향해 있는지 이유를 정리해 보자면, 이런 것들이다. 로드에서 멈춤은 '졌다'에 가깝지만, 트레일에서 멈춤은 '봄'이 된다. 로드를 달릴 때는 멈추는 순간이 이상하게 부끄럽다. 워치가 멈추고, 페이스가 떨어지고, '기록'이 흔들린다. 시선이 따갑다. 멈추는 순간이 곧 "패배했네….로 연결되기도 한다. 그래서 로드에서는 자꾸 달리는 척을 한다. 숨이 터질 것 같은데도 '괜찮은 척' 달린다.

반대로 트레일에서는 멈춤이 자연스럽다. 아니, 때로는 멈춰야 더 보인다. 오르막을 오르다가 숨이 턱 끝까지 차오르면, 잠깐 멈춰서 뒤를 본다. 땀에 젖은 머리카락이 이마에 붙고, 숨이 거칠고 다리는 후들거리는데 그 순간 풍경이 "자, 멋지지? 수고했어."라고 말해 준다. 길게 펼쳐진 능선 아래로 숲이 바다처럼 흔들린다. 바람결도 나를 더 높이 올려다주는 느낌이다. 그때 내가 하는 생각은 늘 비슷하다. '아, 내가 이걸 보려고 올라왔구나.' 물론 트레일에도 '멈추지 않는 선수'들이 있다. 하지만 내가 트레일을 사랑하는 이유는 트레일이 나에게 멈춤을 허락해 주기 때문이다. 로드는 달리기의 '직진'을 가르치고, 트레일은 달리기의 '여백'을 가르친다.

여기까지 데려왔어”

땅에는 이야기가 있다. 아스팔트는 필요에 의해 만들어졌지만 흙에는 달려온 사람들의 시간이 묻어있다. 로드는 똑같은 바닥, 똑같은 반동, 똑같은 리듬이다. 익숙해서 좋지만, 가끔은 지루할 때가 있다. 그런데 트레일은 바닥이 매 순간 바뀐다. 매 순간 다른 리듬을 요구한다. 흙, 모래, 자갈, 나무뿌리, 축축한 낙엽, 바위, 계단. 한 걸음은 푹신하고, 다음 걸음은 미끄럽고, 다음 걸음은 단단하다. 그래서 트레일러닝은 달리는 내내 발바닥이 세상과 대화한다. 달리는 나를 구경하는 고양이나 다람쥐를 만나기도 하고, 어디선가 새가 날아오르며 잎사귀를 흔들기도 한다. 여름엔 흙이 뜨겁고, 가을엔 낙엽이 푹신하고, 겨울엔 공기가 칼처럼 차갑고, 봄엔 흙 냄새가 더 짙다. 계절이 '풍경'이 아니라 '감각'으로 들어온다. 트레일러닝을 하고 오면, 그날 나는 계절을 한 번 더 살고 온 느낌이 든다. 사진으로 본 게 아니라 폐로 들이마시고, 발로 밟고, 땀으로 경험했으니까.

산에서는 기록을 앞세우지 않아도 된다. 이 세상에 똑같은 산은 없으니까. 오늘의 산은 어제의 산이 아니다. 기온, 흙의 젖음, 바람이 다르고, 내 몸 상태도 다르다. 그러니 로드처럼 "작년보다 몇 초 줄였어." 같은 계산에 매달릴 일이 조금 줄어든다. 물론 트레일에서도 기록을 좇는 사람은 많다. 하지만 산은 내게 자꾸 이런 말을 건넨다.

"여기까지 온 것만으로도 이미 충분해."

트레일러닝은 달리기의 목적을 슬쩍 바꿔놓는다. 어디를 '찍고' 오는 러닝이 아니라, 어디를 '살고' 오는 러닝. 아스팔트 위에서는 자꾸 내가 나를 재촉하게 되는데, 산에서는 내가 나를 달래게 된다.

나는 언젠가 다시 산으로 돌아갈 수 있다고 믿는다. 산은 내가 늦게 왔다고 나무라지 않을 테니까. 혹시 달리기가 요즘 자꾸 숙제처럼 느껴진다면, 로드 러닝이 조금 지루해졌다면, 한 번쯤 산으로 들어가 봐도 좋겠다. 기록을 줄이려고 달리는 게 아니라, 내 감각을 늘리려고 달리는 날이 한 번쯤은 필요하니까. 그 감각은 다시 로드 위로 돌아왔을 때도 남는다. 이상하게도 호흡을 더 잘 듣게 되고, 발을 더 조심스럽게 쓰게 되고, 속도를 덜 억지로 밀어붙이게 된다. 거창하게 시작할 필요는 없다. 산책하듯 들어가서 뛰다 걷다 해도 된다. 나는 아마 첫발을 딛자마자 투덜댈 거다. "하… 역시 산은 힘들어." 그리고 한숨이 가라앉기도 전에, 3분쯤 뒤에는 또 이렇게 생각할 거다. "근데… 역시 산이야."

언젠가 달릴 수 없게 된다 해도   Part 2. "그 한 발자국이, 너를

에그타르트는
식어야 맛이 난다 。

나에게는 작은 아지트가 있다. 운동화만 있으면, 마음만 먹으면 언제든 바로 달려나갈 수 있는 곳. 달리기를 좋아하는 사람이라면 알 거다. '언제든 뛸 수 있는 공간이 하나 있다는 것'이 삶의 질을 얼마나 바꿔놓는지.

나는 수원화성 성곽길 바로 옆에서 러닝 카페 겸 디저트카페를 운영하고 있다. 달리당. 이름부터 딱 티가 난다. "달리는 곳, 이치를 통달하는 집." 여기서 나는 에그타르트, 바스크치즈케이크 같은 디저트를 직접 굽는다. 러닝 후에 비워진 마음 한쪽을 달콤하게 채워주는 것들. 어느덧 5년째, 오븐을 열고 닫고 반죽을 만지며 살다 보니 생각지도 못한 사실을 하나 알게 됐다. 어떤 빵은 갓 나왔을 때보다 식었을 때 더 맛있다.

예를 들면 휘낭시에. 갓 구웠을 때는 뜨거운 버터 향이 먼저 얼굴을 치고, 속이 촉촉해서 한 입 먹자마자 "와…" 소리가 저절로 나온다. 그런데 진짜는 조금 뒤에 온다. 한 김 식고 나서 먹으면 겉은 더 바삭해지고 버터 향은 과하지 않게 선명해지고, 단맛이 더 깊어지며 겉과 속의 균형이 잡힌다. 에그타르트도 마찬가지다. 막 나온 에그타르트는 필링의 뜨거움만 입에 남는다. 반면 조금 식으면 커스터드의 퐁신함과 페이스트리 결의 바삭함이 어우러지며 "아, 이래서 에그타르트였지."라는 말이 절로 나온다.

처음 빵을 배울 때는 모든 빵이 '갓 나온 게 최고'라고 믿었다. 뜨거울 때만 맛있는 줄 알았다. 그런데 아니었다. 어떤 것들은 식어야 더 잘 느껴진다. 식고 나서야 디테일이 보인다. 버터의 결, 설탕이 올라오는 순서, 바삭함이 남기는 마지막 잔향. 이걸 알았을 때 문득 내 삶이 같이 떠올랐다. 나는 너무 많은 순간을 '갓 나온 뜨거움'으로만 살고 있었다. 바쁜 일정, 해야 할 일, 아이의 울음, 내 욕심, 남들의 기대. 모든 게 뜨거운 상태로만 굴러가니까… 삶의 맛이 잘 안 느껴졌다. 그냥 '버티는 맛'만 남았다. 달리기도 그랬고 육아도 그랬다. 숨차게 지나가고, 다 지나간 뒤에야 "아, 내가 방금 뭘 했지?" 하고 돌아보는 날들이 많았다. 마치 갓 나온 빵을 너무 급하게 입에 넣어버린 사람처럼. 뜨겁다는 것만 기억하고, 맛은 놓쳐버리는.

어쩌면 수원화성은 내게 '식힘'이었다. 나는 성곽 안에 있는 고등학교를 졸업했다. 그땐 몰랐다. 이 길이 내 삶에서 이렇게 중요한 길이 될 줄. 서른이 넘어 다시 그곳을 달리기 시작했을 때 깨달았다. 나에게 이보다 완벽한 아지트는 없다는 걸.

화성길은 신기하다. 낮에는 관광지인데, 아침과 해 질 녘엔 나만의 운동장으로 변한다. 돌담이 길게 이어지는 곡선은 "급하게 굴지 말고, 네 리듬대로 돌아가."라고 말하는 것 같고, 성곽 위로 스치는 바람이 꼭 누군가 내 어깨를 한 번 토닥여 주는 것처럼 지나간다. 돌계단을 한두 번 오르내리면 허벅지가 "아, 살아있네." 하고 대답한다. 서장대 쪽으로 시야가 트일 때는 숨이 저절로 길어지고, 창룡문 방향으로 고개를 들면 돌담과 하늘이 겹쳐져서 마음이 과하게 들뜨지도, 과하게 가라앉지도 않는다. 그게 참 좋다.

길은 또 이상하게 친절하다. 폭신한 흙길 구간이 있다가도 단단한 돌길로 바뀌고, 나무 아래 그늘이 길게 눕는 곳이 있다가도 햇빛이 쏟아지는 곳이 나온다. 그래서 로드처럼 '같은 페이스로 밀어붙이는' 느낌이 아니라, 자연스럽게 템포를 조절하게 된다. 달리기가 운동이 아니라 풍경이 되고 여행이 된다. 오래된 돌들은 말이 없는데도 이상하게 다 알고 있다. 오늘 내가 뜨거운지, 지쳤는지, 괜찮은지. 그래서 화성은 내게 기록의 길이 아니라 식힘의 길이다. 뜨겁게 끓어오르던 마음이, 그 길을 몇 km만 지나도 한 김 식는다. 그리고 식고 나면, 삶의 맛이 다시 느껴진다.

나는 달리당에서 빵을 굽고 수원화성 앞을 달리면서, 내 인생의 페이스를 다시 배우고 있다. 기록을 올리는 방법이 아니라, 맛을 올리는 방법을. 생각해 보면 우리는 너무 많은 것에 '갓 나온 맛'만 기대한다. 성과도, 관계도, 인생도. 바로 뜨겁게, 바로 화끈하게, 바로 눈에 보이게. 하지만 좋은 것들은 종종 식어야 제맛이 난다. 뜨거움이 빠지고 나서야 진짜 내 마음이 어떤지, 진짜 내가 어디로 가고 싶은지, 진짜 내가 무엇을 좋아하는지 드러난다.

식힘은 결국 나를 오래 가게 한다. 오래 가는 사람은 대부분, 자기 삶의 온도를 조절할 줄 아는 사람이다. 그러니까… 만약 요즘 너무 뜨거운 하루를 살고 있다면 (일이든, 육아든, 마음이든) 무언가를 자꾸 '갓 나온 상태'로만 삼켜버리고 있다면, 한 번쯤은 '식히는 시간'을 가져보면 좋겠다. 빵이 식을 때 단맛이 올라오듯, 사람도 식어야 자기 맛이 올라온다. 나는 아직도 배우는 중이다. 오븐 앞에서, 그리고 수원화성 길 위에서.

만약 식힘이 혼자서 잘 안 되면, 쉬운 방법이 있다. 달리당으로 오면 된다. 커피 한 잔 마시고, 에그타르트나 휘낭시에를 '한 김 식혀서' 먹고, 그다음에 같이 천천히 뛰자. 기록이 목적이 아니라, 숨이 길어지는 속도로. 수원화성 앞길을 조금만 달리면 알게 될 거다. 달리기는 꼭 '뜨겁게' 할 필요가 없다는 걸. 식힌 마음으로도 충분히 멀리 갈 수 있다는 걸. 오늘도 나는 한 김 식힌 마음으로, 다시 신발 끈을 묶는다.
"뜨겁게 말고, 오래 가자."

Part 2. "그 한 발자국이, 너를

몸이 보내는 신호를
읽는 법。

달리기를 시작한 지 10년이 됐다. 그 시간 동안 짧은 거리도 달렸지만 긴 거리도 많이 달렸다. 그런데 딱 두 번, 첫 풀코스 마라톤과 첫 사막 마라톤을 제외하면 한 번도 크게 다친 적이 없다. (두 번째 사막 마라톤은 아직 없지만, 언젠가 꼭 달려 볼 생각이다.) 달리기 10년 차인 내가 가장 자부심을 느끼는 것 중 하나다. 그래서인지 종종 이런 질문을 받는다.

"부상 없이 어떻게 그렇게 오래 뛰어요?"

이 질문에는 은근히 부러움이 섞여 있고, 아주 조금은 의심도 섞여 있다. 운이 좋았나? 타고났나? 숨겨둔 비법이 있나? 나는 늘 같은 대답을 한다.

"몸이 보내는 신호를 잘 들어 줘요."

우리는 원래 몸의 말을 잘 안 듣는다. 아니, 정확히는 듣고 싶은 것만 듣는다. 달리고 싶은 날엔 몸의 신호를 자동 번역기처럼 대충 바꿔버린다. 몸이 "오늘은 좀…." 해도, 마음이 "응, 근데 오늘만." 하고 끼어든다. 그리고 그 '오늘만'이 쌓인다. 쌓이고 쌓여서 어느 날, 몸이 더 큰 목소리로 말한다. "나 이제 그만할래." 그게 부상이다. 몸이 참다 참다가 꺼내는 최후통첩.

나는 원래 몸의 변화를 좀 빨리 캐치하는 편이다. 작은 변화도 비교적 빨리 알아차린다. 달리기를 오래 하면서부터는 내 몸이 더 또렷하게 말을 걸어오기 시작했다. 두 아이의 존재도 임신 테스트기보다 내가 먼저 발견했으니까. 러닝은 신기하게도 몸을 단련시키는 동시에, 내 몸을 알게해 준다. 가끔은 이런 느낌이다. 달리다가 갑자기 몸 안에서 회의가 열리는 것 같은.

"안녕, 나야 햄스트링."
"안녕, 나야 발목. 너 나 생각보다 막 굴리고 있더라?"
"안녕, 나야 수면. 너 요즘 나 무시하지?"

이렇게 말하면 웃기지만, 실제로는 꽤 진지하다. 몸은 늘 먼저 신호를 보낸다. 다만 우리가 그걸 '통증'이라는 확실한 신호와 자막으로만 기다리기 때문에 놓치는 거다.

사람들은 부상 없는 비결을 대단한 훈련법에서 찾고 싶어 한다. "인터벌은 어떻게 해요?" "케이던스는 몇이에요?" "러닝화는 뭐가 좋아요?" "보강운동은요?" 물론 중요하다. 다 도움이 되는 이야기다. 그런데 내가 생각하는 더 현실적인 비결은 따로 있다. 첫 번째, 몸이 보내는 신호를 '조기에' 알아차리고, '빠르게' 해결해 주는 것. 쉽게 말하면 이거다. 몸이 속삭일 때 들어 주는 사람의 몸은 소리 지를 일이 없다.

사람들이 가장 많이 착각하는 게 하나 있다. 몸의 신호는 보통 "나 여기 아파!"로만 온다고 생각한다는 것. 그런데 진짜 신호는 훨씬 먼저 온다. 물론 대체로 애매한 신호다. 애매해서 무시하기 쉽다. 예를 들면 이런 거다. 평소에 편하던 페이스가 오늘은 이상하게 버겁다. 숨은 괜찮은데 발이 '툭툭' 바닥에 걸린다. 한쪽 발만 유독 신발 끈이 거슬린다. 러닝 후에 '개운함' 대신 '불편함'이 남는다. 출발하기 전부터 오늘따라 피곤하다. 이런 건 다 몸이 보내는 메시지다. "오늘은 조심해." 그런데 우리는 이 신호를 자꾸 이상하게 번역한다. "내가 요즘 운동을 덜 했나?" "내 멘탈이 약해졌나?" "오늘만 참고 뛰면 내일 괜찮 겠지." 그리고 여기서 일이 커진다. 몸의 신호는 의지를 시험하 려고 오는 게 아니다. 몸은 시험 문제가 아니라, 안내문을 보내 고 있는 거다.

두 번째 비결은 내가 쓰는 '내 몸 사용 설명서'다. 사람마다 발 모양도, 관절 각도도, 근육이 버티는 방식도 다르다. 그래서 나는 누군가의 '이게 정답'을 그대로 베끼기보다, 내 몸에 한 번씩 대입해 보는 쪽이었다. 어떤 날은 발을 더 가볍게 굴려 보고, 어떤 날은 보폭을 줄여 보고, 호흡을 코로만 가져가 보 기도 하고, 팔치기를 크게 해 보기도 했다. 그러다 몇 번은 "오, 이거다!" 했다가 다음 날 "아니네?" 하고 뒤통수를 맞기도 했 다. 그런데 그 시행착오가 남긴 게 있다. 남의 말이 아니라 내 몸의 반응을 기준으로 삼게 된 것. '이 자세를 하면 오른쪽 종 아리가 먼저 땡기네.' '이 호흡을 쓰면 심장은 편한데 어깨가 올라가네.' 같은 신호들. 결국 내게 맞는 발 디딤, 호흡, 팔치기, 자세는 '누가 알려준 기술'이 아니라 '내가 실험해서 찾아낸 감각'이었다. 그 감각이 쌓일수록 몸의 속삭임이 더 또렷해지 고, 나는 몸의 신호를 더 빨리 알아듣게 됐다.

여기서 포인트는, 누가 써주는 게 아니라 나만 쓸 수 있는 설명서라는 것이다. '어깨 올라갔나?' '팔이 너무 힘 들어갔나?' '시선이 바닥으로 떨어졌나?' '착지, 오늘은 왼발이 유독 무겁지?' 이런 자잘한 확인들이 쌓이면, 나만의 설명서가 두꺼워진다. 10년 동안 달리면서 나는 내가 어떤 상황에서 무너지는지 꽤 정확히 알게 됐다. 잠을 못 잔 날은 심장보다 발목이 먼저 흐트러진다. 수분이 부족한 날은 페이스보다 호흡이 먼저 흔들린다. 스트레스가 많은 날은 다리보다 어깨가 먼저 굳는다. 이걸 알면 선택이 쉬워진다. 오늘은 속도보다 리듬. 오늘은 훈련보다 회복. 오늘은 '대회 같은 러닝'이 아니라 '내일을 위한 러닝.'

내가 크게 다쳤던 두 번에는 공통점이 있다. 둘 다 '처음'이었다는 것. 첫 풀코스 마라톤은 내가 달리기의 진짜 얼굴을 처음 본 날이었다. 그날의 나는 내 몸 사용 설명서를 읽는 방법을 몰랐다. 분명 몸이 "이건 처음이라 힘들어."라고 말했는데, 나는 그걸 "응? 무슨 말이야?"라고 순진하게 흘려버렸다. '버티는 것'과 '망가지는 것'은 종이 한 장 차이다. 그 차이를 만드는 건 대단한 기술이 아니라, 결국 내 몸과의 대화다.

나는 오래 달리고 싶다. 오래 달린다는 건 사실 '건강하게 오래 살고 싶다'와 비슷하다. 오래 가려면 가끔 멈춰야 하고,

가끔 덜 해야 하고, 남의 속도 말고 내 속도를 찾아야 한다. 러너들은 안다. 몸이 보내는 신호를 무시한 날엔 꼭 후회가 온다는 걸. 그 후회는 큰 통증으로 오기도 하고, 작은 짜증으로 오기도 하고, 예상치 못한 무기력으로 오기도 한다. 반대로 몸의 신호를 들어준 날엔 꼭 이런 느낌이 남는다. "오늘 나, 잘했어." 기분 좋은 딱 완벽한 상태. 기록 때문이 아니다. 내 몸을 배신하지 않았다는 이유로. 어쩌면 부상 없는 비결은 거창한 훈련이 아니라 이런 자잘한 선택들의 합일지 모른다. 몸이 속삭일 때 귀 기울이고, 몸이 찡그릴 때 속도를 낮추고, 몸이 피곤하다고 말할 때 "그래, 오늘은 여기까지만" 하고 멈추는 것.

달리기는 내 몸을 단련시키는 운동이기도 하지만, 내 몸과 친해지는 연습이기도 하다. 나는 10년 동안 달리면서 내 몸의 사용 설명서를 꽤 두껍게 만들었다. 그 설명서의 첫 페이지에는 이런 문장이 적혀 있다.

"예민한 편이지만, 살살 달래 칭찬만 (많이) 해준다면 끝까지 달려나갈 수 있는 몸."

길을 잃어 본
러너만 아는 선물 。

처음 가 보는 동네를 달리면, 두 가지 중 하나는 꼭 벌어진다.
기분이 좋아지거나, 길을 잃거나. 남편의 고향은 부산이다. 명
절 연휴에 내려가면, 우리는 종종 낯선 동네를 뛴다. 목적지는
없고, 지도도 없다. 그저 바다가 흐르는 쪽으로 몸을 맡기고,
오늘 채우고 싶은 거리만큼만 달리다 돌아온다. 러닝이 여행
이 되는 순간이다.

어느 날은 낚시를 좋아하시는 시부모님을 따라 이름 모를
해안가에 갔다. 부모님은 방파제 끝에 자리를 잡고 낚싯대를
드리우셨고, 우리는 모자를 눌러쓰고 '동네 한 바퀴만' 돌기로

했다. 네비도 없이 그저 게임처럼 골목을 고르며 달리다가 나는 아주 자연스럽게 길을 잃었다. 정확히 말하면, 길을 잃었다는 걸 한참 뒤에 알아차렸다. 이런 날엔 꼭 핸드폰 배터리마저 빨간색 상태이다. 세상이 나에게 "지금부터는 네 감각으로 가." 라고 말하는 것처럼. "여기서만 꺾으면 큰길 나오겠지." 러너들이 제일 자주 하는 거짓말이지만, 부산 바닷가 마을의 골목은 서울 골목과 결이 달랐다. 서울이 직선의 세계라면, 부산 골목은 곡선으로 마음을 휘감는다. 골목이 갑자기 계단이 되고, 계단은 또 갑자기 누군가의 마당으로 이어지고, 마당 끝에는 당연하다는 듯 고양이가 앉아 있었다. 그리고 그 고양이가 한심하단 표정으로 내게 말을 건넨다. "니 지금 길 잃었제."

마음이 초조해진 내가 남편에게 조심스럽게 말했다.
"우리… 이제 돌아가야 하지 않을까?"
남편은 내 속도 모르고 말했다.
"아냐, 조금 더 뛰고 가자."
바람이 달라졌다. 바다 냄새가 점점 옅어지고, 대신 젖은 콘크리트 냄새가 진해졌다. 바다가 가까우면 짠내가 얼굴을 '탁' 치는데, 지금의 바람은 어딘가에 갇힌 채 골목 사이를 비집고 흐르는 느낌이었다. 방향이 바뀐 거다. 그리고 우리는 어느 순간, 같은 곳을 두 번째 지나고 있었다. 아까도 지났던 파란 대문. 아까도 스친 빨랫줄. 아까도 만났던 그 고양이.

순간 심장이 마구 뛰었다. 운동해서 뛰는 리듬감 있는 박자가 아니라, 뭔가 들켰을 때 뛰는 박자다. 마치 내가 뭘 잘못한 사람처럼. 계단을 내려가고, 비탈을 돌아가고, 또 한 번 꺾었다. 핸드폰은 꺼지기 직전이라 얼굴에 스치는 바다의 짠내를 쫓아 달려갈 수밖에 없었다. 계단을 두 칸 내려서고 뒤를 돌아보는 순간, 세상이 갑자기 '짜잔' 하고 밝게 빛났다. 골목에서 나올 때까지는 벽과 담과 빨랫줄이 하늘을 잘게 잘라놓고 있었는데, 그 틈을 빠져나오자 바다가 통째로 펼쳐졌다. 파란 바다가 아닌 햇빛을 받아 은빛과 코발트빛이 번갈아 반짝이는 색. 비늘처럼 반짝이는 물결의 움직임. 그 순간 나는 멈춰 섰다. 숨이 차서가 아니라 이 장면을 그냥 지나치면 안 될 것 같아서 멈췄다. 길을 잃었다고 생각했던 발끝이, 뜻밖의 전망 앞에서 슬쩍 방향을 고쳐 말했다.

"망한 게 아니라… 잘 들어왔네."

우리는 바다를 따라 다시 해안가로 내려왔다. "아, 살았다." 저 멀리, 아까 그 자리에 그대로 낚시대에 기대어 계시는 시부모님의 등을 보며 괜히 멋있는 척을 했다.

"좋은 러닝이었다!"

여기까지 데려왔어"

"그치? 괜찮은 코스였지?"

그 사이 부모님은 이름 모를 물고기를 낚아 올리셨고, 회로 떠먹을 수 있게 준비해 우리를 기다리고 계셨다. 그때 먹었던 김밥과 횟감과 초장의 조합은 여전히 잊지 못한다. 시간이 흘러 똑같은 음식을 다시 먹어도, 그때 그 맛은 돌아오지 않았다. 아마도 그건… 간장이나 초장의 비율이 아니라, 먹기 전에 길을 한 번쯤 잃어버린 사람만 얻는 감칠맛이었나 보다.

그날 우리의 러닝은 6km가 아니라 9km가 되었다. 짧은 순간 길을 잃은 두려움에 사로잡혔지만, 계획이 틀어진 날들이 시야를 넓혀 줬던 것 같다. 뒤를 돌아보게 했고, 옆을 보게 했고, "아, 이 길도 있었네"를 알게 했다. 러닝은 그걸 몸으로 가르쳐 준다. 실수는 부끄러운 게 아니라, 지도를 넓히는 방식이라고. 마지막 3km는 사실상 '집으로 돌아가는 길'이었지만 이상하게도 힘들지 않았다. 내가 지금 뭘 보고 왔는지 아는 몸은, 조금 가벼워진다. 페이스와 지도는 망했을지 몰라도 마음은 완주해 버린 느낌.

혹시 요즘 계획대로 안 되는 하루를 살고 있다면, 길을 잘못 든 것 같아 불안하다면 그래도 너무 빨리 결론을 내리지 않기로 하자. "망했다"라는 말은 아직 이르다. 어쩌면 그건 길을 잃어 본 사람만 들어갈 수 있는 풍경의 입구일지도 모르니까.
계획대로 안 되는 날은 불편하지만, 우회로는 언제나 이야기
를 만든다.

내 마음의

블루。

어느 나라든 도시는 대체로 비슷한 느낌이다. 건물의 색, 도시의 냄새, 사람들의 빠른 걸음. 하지만 산은 정말 다른 세계 같다. 냄새, 습도, 잎사귀의 모양, 흙의 농도…. 모든 것이 한국과 다르게 낯설다. 산은 마치 길이 숨을 쉬고, 표정을 바꾸고, 살아있는 것 같다.

나는 오래전부터 굳게 믿는 한 가지가 있다. 5km를 달릴 수 있다면 10km도 달릴 수 있고, 10km를 달릴 수 있다면 하프(21km)도 달릴 수 있고, 하프를 달릴 수 있다면 풀코스(42km)도 달릴 수 있다는 것. 이 믿음은 가끔 사람을 과감하게 만든다. 이미 한국에서 111km의 제주 국제 트레일러닝도 완주했으니 해외 100km 트레일러닝쯤이야… 쉽지! 그래서 나는 호주로 갔다. 블루마운틴으로. 심지어 생일을 기념해 나에게 주는 생일 선물이었다. 시드니 공항에서 기차를 타고 두 시간 반. 시드니 관광은 건너뛰고 바로 산으로 들어가는데, 지루하긴커녕 창문 밖 풍경이 설레서 눈 깜짝할 사이에 대회가 열리는 마을에 도착했다.

대회 이름은 'Ultra Trail Australia'. 코스는 100km, 50km, 22km, 11km까지 다양했고, 국제 대회답게 접수도 빠르게 마감되었다. 마을 내에는 출도착지로 러너들을 안내하는 무료 셔틀버스가 이미 길게 늘어서 있었다. 평소에는 조용한 시골 마을일텐데 그날은 유난히 마을 전체가 들떠 있다는 느낌을 받았다.

트레일러닝 대회는 준비할 것이 참 많다. 안전을 위한 필수 장비. 장비가 경기의 절반이다. 해외 대회는 필수 장비 검사가 엄격하다는 얘기를 듣고 만만의 준비를 했지만 정말 옷을 뒤집어 소재까지 확인할 줄은 몰랐다. 나는 까슬거리는 느낌이 싫어서 옷을 사면 태그를 모조리 뜯어버리는 습관이 있는데, 태그가 없는 옷은 소재를 확인할 수 없어 불합격 판정을 받았다. 오히려 좋아. '기념품'이라는 핑계로 기능성 바람막이를 하나 더 샀다. 방수 바지도 샀고, 대회 로고가 박힌 긴팔도 하나 더 샀다. (지금까지도 잘 입는다.) 현지 통신사도 잘 잡히는지 휴대폰도 확인하고 드디어 배번호를 손에 쥐었다.

111km도 거뜬히 달려봤다는 자신감에 가득 차 호주에 도착했지만, 블루마운틴은 자신감 같은 걸 잠깐 내려놓게 만든다. 출발지의 첫 장면은 아직도 선명하다. 절벽 위 전망 포인트에서 아래를 내려다보는데, 산 아래가 통째로 구름이었다. 구름이 '낀' 정도가 아니라, 구름이 바다처럼 차올라서 지구를 덮고 있었다. 먼 능선들이 구름 위로 얼굴만 빼꼼 내밀고 있고, 유칼립투스 나무들이 검은 실루엣처럼 서 있다. 아직 이른 아침인 탓일까. 숨을 들이마시면 코끝이 시큰거렸다. 코가 시릴수록 나는 자꾸 작아졌다.

트레일은 지루할 틈이 없다. 지루해지려는 순간 길이 성격을 바꿔버리니까. 그렇게 여행하듯 낮을 달리다 보면, 어쩌다 한 번씩 컴퓨터 배경화면 같은 초원이 나온다. 서양인들은 긴 다리를 쭉쭉 뻗으며 한 발 성큼성큼 나아갈 때, 나는 서너 발을 바쁘게 굴려야 한다는 억울함이 조금 있기도 했지만, 그 시간을 함께 달리고 있다는 것만으로도 행복했다. 그렇지만 트

여기까지 데려왔어"

레일 100km의 하이라이트는 솔직히 말하면, 밤이다.

오후 5시 30분. 도시에서는 아직 오후지만 산은 이미 밤이다. 더 어두워지기 전에 가방에 있던 헤드랜턴을 꺼내 이마에 찼다. 그때부터 세상은 '내 눈앞 5m'만 존재한다. 동그란 불빛하나. 그 안에서만 길이 보이고, 그 밖은 전부 검은색이다. 로드 마라톤처럼 옆에 사람이 바글바글하지도 않다. 선수들이 뜨문뜨문 흩어져 있어서 앞사람 랜턴 불빛이 멀어지면 진짜로 혼자다. 아무도 나의 존재를 모르는 그곳에서 혼자가 될까 봐, 저 멀리 다른 사람의 헤드랜턴 불빛이 사라질까 봐 발걸음을 재촉하기도 했다. 그때부터 산은 '여행'이 아니라 '생존'이 된다. 졸음이 몰려오면 스트레칭도 하고, 1인극도 하고, 애국가도 부르고, 한국에서 미리 챙겨간 아이셔(신 사탕)도 먹고 뭐든 했다.

사실 어둠보다 더 무서운 건 외로움이다. 아무도 나를 알지 못하는 곳에서의 달리기는 정말 홀로 견디는 싸움 같았다. 사람들 목소리도, 음악도, 응원도, 그 흔한 편의점 불빛도 없다. 모든 것이 멈춰 있는 것 같은 산에서는 내 숨소리와 발소리만 과장되게 커지고, 외로움은 그 소리를 타고 더 빠르게 번진다. 한국에서는 힘들면 '응원'이라는 게 몸을 붙잡아 줬다. 크루가 옆에서 "가자!" 한 번만 외쳐도 다리가 한 번 더 나갔고, 친구들이 남겨 준 메시지 한 줄이 젤보다 빨리 에너지가 됐다. 그런데 낯선 땅에서는 그 응원을 내가 받는 대신 누군가가 받는 걸 '구경'하게 됐다. CP(Check Point)에서 어떤 선수가 가족과 포옹하는 장면을 보며 나는 그저 멀리서 미소만 지었다. 박수를 치는 손끝은 따뜻해지지 않았고, 마음이 괜히 더 쓸쓸해졌다.

물론 스태프들이 "You're doing great!"라며 응원을 해 주기도 한다. 물도 건네고, 웃어 주고, 엄지를 세워 줬다. 그 친절은 분명 고맙다. 그런데 이상하게도… 그걸로는 조금 부족했다. 나는 그날 처음 알았다. 내가 필요한 건 '응원 소리'가 아니라 내가 아는 사람, 나를 아는 사람이 내 등을 믿어 주는 감각이라는 걸. 그래서 나는 더 세게, 더 조용히 달렸다. 외로움이 밀려올수록 발을 한 번 더 내딛었다. 이 레이스는 기록이 아니라, 나 자신과의 약속을 완주하는 일이니까.

그렇게 나는 새벽을 관통해 100km를 완주했다.
22시간 28분.

블루마운틴을 떠올리면 거대한 자연도 생각나지만 동시에 외로움도 함께 떠오른다. 누군가의 응원이 있는 러닝은 실제로 더 멀리 간다. 체력이 갑자기 늘어서가 아니라, 포기 버튼을 누르는 손이 늦춰지기 때문이다. 그리고 그날, 나는 아주 현실적인 결론을 하나 얻었다. 사람은 혼자서도 달릴 수 있지만, 오래 달리려면 결국 누군가의 마음을 한 번쯤 빌려야 한다. 그 마음이 크루일 수도 있고, 친구의 메시지일 수도 있고, 오래된 약속일 수도 있고, '지켜보는 사람이 있다'는 믿음일 수도 있다. 특히 산에서는 그게 없으면 외로움이 커지고, 외로움이 커지면 길은 더 길어진다. 같은 100km여도, 마음의 경사가 달라지는 거다. 그래서 블루마운틴은 내게 그저 여러 개 중 하나인 트레일러닝이 아니었다. 내가 어디까지 갈 수 있는지가 아니라, '무엇이' 나를 끝까지 가게 하는지를 알게 해 준 밤이었다.

작은 빛이 내 눈앞 5m의 길을 밝혔던 것처럼, 때로는 누군가의 한 문장, 한 사람의 얼굴이 내 안의 어둠을 밝힌다. 그게 있으면, 우리는 생각보다 오래 버틴다. 그리고 그 사실을 한 번 알게 되면 다시 달릴 때마다 자꾸 떠오른다. 블루마운틴의 흙 냄새처럼. 구름이 바다처럼 차오르던 그 아침처럼. 내 눈앞의 작은 빛이, 결국 나를 끝까지 데려갔던 그 밤처럼.

여기까지 데려왔어"

이름 없는
달리기는 없다 。

대회 날 아침, 집을 나서기 전에 가장 먼저 챙기는 게 있다. 시계도 아니고 러닝 고글도 아니고 에너지젤도 아니다. 나는 늘 배번호부터 찾는다. 이게 없으면 오늘의 달리기는 시작도 못한다. 마치 축제장으로 들어가는 입장권과도 같다. A4 반도 안 되는 작은 종이 한 장. 바람을 조금만 타도 펄럭이고, 땀 한 방울이면 금방 울어버리는 종이. 그런데 그 종이가 사람을 웃기고, 울리고, 다시 걷게 하고, 다시 뛰게 만든다. 참 이상하지. 생각해 보면, 작은 배번호 안에는 참 많은 게 담겨 있다. 이름. 약속. 책임. 안전. 자격. 그리고 응원. 그 얇은 종이를 달고 뛰는 순간, 우리는 조금씩 달라진다. 누군가는 배번호를 달고 처음으로 "도전!"이라는 단어를 입에 담아 본다. 누군가는 배번호를 달고 처음으로 누군가의 응원을 받아 본다. 누군가는 배번호를 달고 처음으로 스스로를 '러너'라고 부르고 누군가는 배번호를 달고 아주 조용히 인생의 한 구간을 통과한다. 그러니까 배번호는 기록을 위한 도구이기 전에, 새로운 장으로 넘어가기 위한 입장권이자 초대권이다. 배번호는 그 오고 가는 길을 열어 준다.

특히 아이와 함께 달리는 유아차런에서는 더 그렇다. 유아차 앞쪽에 아이의 이름이 적힌 배번호를 달아 주고, 반듯하고 선명하게 보이게 정리하는 순간 그날의 달리기는 '운동'이 아니라 '이야기'가 된다. 아이들의 이름을 적는 순간부터 마음이 조금 달라진다. '내가 오늘 잘 뛰어야지'보다 먼저 '오늘 아이가 즐겁게 기억했으면 좋겠다'가 나온다. 종이 위의 글씨는 단순한 정보가 아니라 그날을 안전하게 꿰매는 실이 된다. 달릴 때 유아차가 흔들리면 배번호도 같이 흔들리고, 그 흔들림이 마치 작은 깃발처럼 보인다. '우리 여기 있어요' 하는. 그리고 정말 신기한 장면도 생긴다. 모르는 사람이 이름을 보고 응원해 주는 순간.

"로하 파이팅!"

아이와 함께 달리고 있어요

♥ 저를 응원해 주세요 ♥

이로하

KANGAROO CREW

러너라면 주변 러너들의 응원은 익숙하지만 아이들은 깜짝 놀랄 수밖에 없다. '저 이모가, 삼촌이 내 이름을 어떻게 알지?' 사실 아이가 알아듣든 못 알아듣든, 부모의 이름이 아닐지언정 그 순간 부모는 등이 펴지고, 손잡이를 쥔 손에 힘이 들어간다. 이름은 사람을 바꾸는 힘이 있다. "힘내세요"보다 "OO야!"가 더 크게 와닿는다. 응원은 결국 '당신'을 불러 주는 일이고, 이름은 그 '당신'을 가장 정확하게 찌르는 단어이니까. 세상에는 나를 응원해 주는 사람이 있다는 감각. 그 감각은 큰 감정으로 얻는 게 아니라, 작아도 반복되는 경험으로 얻는 것이다. 그리고 유아차런의 배번호는 그 경험을 아주 손쉽게 만들어준다.

사실 어른도 마찬가지다. 내 이름이 크게 불려본 적이 언제였나. 어릴 적 학교 선생님에서 혼날 때 말고. 아니, 사실 서른이 넘은 지금은 그때가 그립기도 하다. 지금은 그 혼이 나고 있는 상황도 모두 나를 위한 상황이라는 걸 알기에…. 누군가 내 이름을 힘 있게 불러 주면, 나는 그 이름에 맞는 사람이 되고 싶어진다. 더 좋은 사람이 되고 싶어지고 더 포기하지 않는 사람이 되고 싶어진다. 배번호는 그래서 단순한 참가 표식이 아니다. 나를 호출하는 장치다. 이름이 적힌 순간부터 나는 조금 더 '러너'가 된다.

그런데 요즘 대회장에 가면 배번호를 둘러싼 풍경이 조금 달라졌다. 마라톤 대회 접수가 점점 어려워졌다. 클릭 몇 번으로 끝나던 시대가 아니라, 손이 빠르고 운도 좋아야 '입장'할 수 있는 시대가 됐다. 그 빈틈 사이로 배번 양도와 재판매가 생겨났다. 사람들의 욕심은 이해가 된다. 나도 안다. "이번엔 꼭 뛰고 싶은데…." 그 마음이 얼마나 간절한지. 하지만 배번호는 '사고파는 티켓'과는 결이 다르다. 배번호는 누가 뛰는지를 기록하는 것이면서 동시에, 누가 보호받아야 하는지를 확인하는 장치다. 대회는 보험과 안전 시스템 위에서 돌아간다. 만약 배번호의 이름과 실제 참가자가 다르면, 사고가 났을 때 보상과 처리에 문제가 생긴다. 누군가의 이름으로 다른 누군가가 달리는 순간, 그 종이 한 장은 예쁜 깃발이 아니라 위험한 허점이 된다. 그래서 대회 측은 이를 제지하고, 발견 시 불이익을 준다. 이쯤 되면 배번호의 의미가 더 선명해진다.

　　배번호는 '달릴 수 있는 자격'이기도 하지만, 그보다 더 본질적으로는 '안전하게 달리겠다는 약속'이다. 기록을 남기고 싶어도, 그 기록도 결국 사람 위에 세워야 한다. 안전 위에, 책임 위에. 그리고 이런 흐름 속에서 요즘 생겨난 제도가 있다. 대회 불참 시 배번호를 자진 반납하면 다음 해 우선권을 주는 제도. 처음 들었을 때 나는 꽤 멋지다고 생각했다. 이건 단순히 운영 편의가 아니다. 달리기 문화가 우리에게 건네는 한 문장 같다.

"이번엔 못 달려도 괜찮아. 대신 다음을 위해 자리를 남겨 줘."

달리지 못하는 날에도, 러너답게 행동할 수 있다는 것. 그게 마음을 울렸다.

우리는 늘 '끝까지 뛰는 사람'만 멋있다고 생각하는데, 사실 어떤 날은 '기꺼이 비켜주는 사람'이 더 멋있었다. 내 자리가 아니라 누군가의 안전을 먼저 생각하는 선택. 내 기록보다 대회의 질서와 서로의 안전을 지키는 선택. 배번호를 반납한다는 건 오늘 달리지 못한 사람의 체념이 아니라, 다음에도 달릴 마음을 가진 사람의 예의다.

많은 사람이 메달은 모으고 배번호는 버리기도 한다. 그런데 나에게는 이상하게도 배번호가 더 소중하다. 메달은 누구나 똑같다. 1등도 2등도, 심지어 꼴등도 같은 모양의 금속을 목에 건다. 물론 그 금속이 무의미하다는 말은 아니다. 다만 메달은 '완주했다'는 사실을 증명해 줄 뿐, 그날의 표정까지는 담지 못한다. 반면 배번호는 다르다. 단지 숫자가 다르다는 의미가 아니라, 배번호에는 그날의 기록이 그대로 묻어 있다. 구겨진 모서리, 테이프로 덧댄 자국, 땀에 젖어 번진 글씨, 비가 스쳐 남긴 얼룩. 그 종이 한 장에는 그날의 온도와 습도, 나눴던 응원, 숨이 가빴던 순간, 심지어 내가 어떤 대회를 달렸는지까지 고스란히 남아 있다. 일기장 같기도 하다.

가끔은 이런 상상을 한다. 내가 달릴 수 없게 되는 날이 오더라도, 나를 불러 주는 이름 하나가 남아 있으면 좋겠다고. 어쩌면 나는 매주 누군가의 응원을 받고 싶어서 마라톤 대회를 찾아다니는지도 모른다. 일상에서는 얻기 힘든 '나'를 향한 그 응원 말이다. 꼭 배번호에 적힌 이름이 아니어도 된다. 누군가 내 이름을 불러 주는 기억, 혹은 내가 누군가의 이름을 불러 줬던 기억. 그런 것들은 오래 남는다. 기록보다 오래 남는다. A4 반도 안 되는 작은 종이 한 장이 사람을 울리고 웃게 하는 건, 종이가 대단해서가 아니다. 그 종이에 적힌 것이 결국 우리의 이름이기 때문이다.

이름은 나를 달리게 하는 가장 작은 깃발이다. 그러니 다음번에 배번호를 달게 된다면 잠깐만 생각해 보면 좋겠다. 오늘 내가 달리는 이유가 기록이든 완주든 상관없다. 다만 이 종이 한 장이 누군가에게는 '살아있는 증거'가 될 수 있다는 것. 그리고 어쩌면 오늘의 나도 그 종이 한 장 덕분에 조금 더 오래 버틸 수 있다는 것.

오늘도 누군가는 배번호를 달고 출발선에 선다. 그리고 누군가는, 누군가의 이름을 부른다.

그 순간, 종이는 종이가 아니다. 작은 깃발이고, 작은 약속이고, 작은 용기다.

여기까지 데려왔어"

언젠가 달릴 수 없게 된다 해도

100마일,
논스톱 트레일러닝 。

100마일 트레일러닝이 있다는 말을 처음 들었을 때, 그건 거리라기보다 전설에 가까웠다. '그런 게 있다고? 말도 안 돼, 그게 가능해?' 숫자로는 160km. 해외 트레일러닝 대회에 나가면 외국 선수들이 너무도 담담하게 말했다.

"이번엔 100마일 뛸 거야."

그 말을 들을 때마다 나는 속으로 한 번씩 멈칫했지만, 소문이 계속되면 현실이 되듯 그 충격이 어느 순간 자연스럽게 한 문장으로 모여졌다.

"나도 해 보고 싶다."

여기까지 데려왔어"

당시 한국에는 100마일 대회가 없었다. 해외에서라도 도전해야겠다 마음먹었지만, 코로나가 모든 걸 멈춰 세웠던 때라 멀리 나갈 수 없었다. 꿈도 잠시 '보류' 상태로 밀려났다. 그런데 어느 날, 한 마라톤 운영사에서 이벤트로 '서울둘레길 157K'를 기반으로 한 챌린지가 열린다는 소식을 들었다. 그 순간 머릿속에서 오랫동안 꺼지지 않던 불씨가 '툭' 하고 다시 살아났다. '챌린지를 한번에 완주해버리면 되잖아?' 멀리 가야만 꿈이 되는 게 아니었다. 이렇게 좋은 코스가 이미 한국에 있는데, 굳이 기다리다가 먼 곳으로 나가야 할 이유가 있을까. 그래서 나는 말했다.

"저 100마일 달리겠습니다."

입 밖으로 나오는 순간, 그 말은 약속이 됐다. 혼자서는 안 된다는 걸 이미 알고 있었기에 팀을 만들었다. 달리기를 좋아하는 션, 나, 그리고 함께 달리는 언니. 조심스레 제안을 했고, 모두 흔쾌히 승낙했다. 드디어 꿈의 100마일을 달릴 수 있게 되었다. 우리의 도전을 함께 응원하는 서포터즈도 순조롭게 모였다. 100km는 '새벽만' 버티면 되지만 100마일은 그다음 날 오후까지도 졸음을 참고 달려야 하기에, 다리와 마음 모두가 흔들릴 때 넘어지지 않게 받쳐 주는 기둥 같은 서포터즈

들이 꼭 필요했다. 코스는 서울둘레길 157km + 한강 3km. '서울을 한 바퀴 돈다'는 말은 예쁘지만, 가까이서 들여다보면 꽤 잔인하다. 서울은 생각보다 크고, 생각보다 높고, 생각보다 구불구불하다. 그리고 무엇보다… 둘레길을 달리는 챌린지라 북한산, 불암산, 아차산, 관악산 등을 넘어야 한다.

새벽 4시. 우리는 가양대교 남단에 모였다. 여름이라 해가 길어져 있을 때임에도 불구하고 하늘조차 아직 깨지 않은 시간이었다. 도시는 이제야 잠에서 막 깨어나려는 얼굴이었다. 간판 불빛이 애매하게 남아 있고, 첫차의 브레이크 소리가 멀리서 들리고, 우리 숨만 유난히 크게 들렸다. 쌀쌀한 기온이 몸에 남아 있었는데 실제로 온도가 낮았는지, 혹은 내가 너무 긴장한 탓이었는지 아직도 잘 모르겠다. "우리 할 수 있을까?" 같은 말은 아무도 먼저 꺼내지 않았다. 신발 끈은 이미 두 번 묶었고, 배낭과 조끼의 끈을 손이 기억할 정도로 만지작거렸다. 젤, 소금, 물. 그리고 워치.

"다녀오겠습니다!"
새벽 5시, 도시가 슬쩍 졸음에 겨운 눈을 뜨려는 시간에 우리는 달리기 시작했다. 평소의 서울은 항상 뭔가를 재촉하는데, 그 시간만큼은 아무도 우리를 재촉하지 않았다. 신호등도,

여기까지 데려왔어"

도로도, 공기도 잠깐은 "그래, 너희 하고 싶은대로 해."라고 말해 주는 느낌이었다. 우리는 서울의 가장자리, 서울의 테두리를 따라 달려나갔다. 몸이 아직 새것처럼 느껴지고, 다리엔 여유가 있었다. 시작했다는 설렘에 마음이 들떴다. 여행하는 기분으로 발을 굴리기 시작했다. 달리는 동안 비가 내리기도 했다. 트레일러닝화에 자꾸만 흙먼지가 달라붙고 나무뿌리가 나를 붙잡아 두는 기분이었지만, 그 순간마저 어릴 적 물장난을 치던 때처럼 마냥 행복했다. 빗물을 흠뻑 머금은 옷이 나를 붙잡아 두지 않도록 옷을 계속 갈아입으면 그만이었다.

진짜는 '밤'부터 시작됐다. 낮에는 몸(체력)이 버티지만 밤에는 마음(정신)이 버틴달까. 해가 떨어지기 시작하면서 풍경이 사라지고 소리도 줄고 발소리와 숨소리만 남았다. 서울이 이렇게 넓었나 싶게 길이 길어지고, 반짝이던 서울이 이렇게 어두웠는지…. 내가 이렇게 작은 사람이었나 싶게 마음이 조용해졌다. 그리고 드디어 가장 무서워했던 그것이 찾아왔다. 졸음. 눈꺼풀이 내려오는 게 아니라 세상이 내려오는 기분이었다.

어떤 구간에서는 눈을 반쯤 감은 채 산길을 내려오기도 하고, 또 어떤 구간에서는 눈을 아예 감은 채 하천 옆길을 달렸다. 순간순간 장면이 끊기기도 했다. 방금 전까지 같이 달리던 사람의 말이 갑자기 물속에서 들리는 것처럼 멀어진다. 정신은 똑바로 있는데 몸이 한 박자 늦게 따라온다. 우리는 껌도 씹고 육포도 먹고 에너지 드링크도 마시고, 별짓을 다 한다. 잠을 쫓으려고. 그런데 중요한 건, 그 모든 게 잠깐뿐이라는 거다. 잠깐 번쩍, 다시 몽롱. 서울 둘레길을 달리는 건데도 가끔은 내가 지금 서울이 아니라 어딘가 다른 행성의 가장자리를 달리고 있는 것 같았다.

그리고 다음 단계가 온다. 울렁거림. 얼마나 고됐으면 장기가 서로 꼬여 나에게 말을 건넬까. 그런데도 계속 달려야 한다. 그때의 울렁거림은 단순히 '속이 안 좋다'가 아니다. 머리가 붕 뜨고, 속이 흔들리고, 세상이 한 박자씩 밀려오는 느낌. 나는 그때 알았다. 100마일은 체력 싸움이 아니라 정신력 싸움이라는 걸.

"정말… 완주할 수 있을까?"
새벽은 끝나지 않을 것 같고, 우면산 구간은 특히 길었다. 긴 새벽 시간만큼 더 길게 느껴졌는지도 모르겠다. 사람 마음을 으스스하게 만드는 구간을 지나 새벽 4시쯤엔 정말로 땅만 보고 외쳤다.

"괜찮아, 할 수 있어. 나는 무섭지 않아. 우리는 강해!"

우면산을 빠져나왔을 때 우리는 이미 111km를 넘긴 상태였다. 그리고 두 번째 해가 밝았다. 몸은 만신창이. 그런데 거기서 끝이 아니다. 한여름 땡볕 아래서 50km를 더 달려야 한다는 사실이 막막하게 느껴지기도 했다.

당장이라도 주저앉고 싶은 마음을 앞으로 돌려놓는 건, 대단한 의지가 아니라 정말 사소한 것들이었다. CP(Check Point)에서는 물 보급, 뉴트리션, 식사, 얼음찜질, 마사지, 시계 및 핸드폰 충전, 옷 갈아입기, 위치 공유 등을 한다. 말 그대로 작은 베이스캠프들이다. 그런데 그것보다 더 큰 역할이 있다. CP에는 사람이 있다. CP는 물이 아니라 '사람'이 기다리고 있는 곳이었다. 100마일 러닝에서 내가 가장 크게 깨달은 건 근력만으로는 절대 완주할 수 없다는 사실이다. 밤새 함께 달려 준 팀원들, 어두워지기 시작한 구간부터 함께 붙어 준 페이서들…. 그건 그냥 도움의 영역이 아닐 거다. 누군가의 하루를, 누군가의 다리를, 누군가의 시간을 통째로 내어 준 거다.

나는 CP를 떠날 때마다 외쳤다.

"다녀오겠습니다."

그 말이 왜 중요했냐면, 반드시 다시 돌아오겠다는 약속이었기 때문이다. 돌아오겠다고 말해놓으면, 다리가 한 번 더 움직인다.

리더가 계속 바뀌기도 했다. 어떤 시간에는 션이 앞에서 길을 열고, 어떤 구간에서는 언니가 템포를 잡고, 또 어떤 순간에는 내가 둘 사이에서 분위기를 띄운다. 사람마다 컨디션도 템포도 다르기에 누가 뭐랄 것도 없이 컨디션이 조금 더 나은 사람이 자연스럽게 앞을 열었다. 그때 우리는 '팀'이라는 걸 다시 배웠다. 누구 하나가 무너지면, 나머지 둘이 그 사람의 속도를 '정상'으로 만들어 주는 것. 누구 하나가 말이 없어지면 다른 사람이 말로 불빛을 켜 주는 것. 누구 하나가 너무 앞서가면 "지금 너무 멋져요! 거기 계세요. 사진 찍어 드릴게요." 하고 붙잡는 것. 션은 끊임없이 농담을 하며 분위기를 살렸고, 그 '밝음'으로 공기를 바꿔놨다. 극한에 도착하면 사람의 본성이 나온다고들 하는데, 그는 끝까지 인간미가 넘쳤다. 내가 여전히 그를 존경하는 이유 중 하나다. 그 덕분에 우리는 '고통'만으로 한 팀이 되지 않았다. 웃음으로도 하나가 됐다.

눈이 뜨거워지고, 목이 잠기고, 웃고 싶은데 웃음이 안 나오고. 나를 아직 움직이게 하는 게 체력인지 감정인지 구분이 안되는 상태로, 우리는 계속 앞으로 갔다. 머리 위에서 지글거리던 해도 조금은 존재감을 누르고 옆으로 비켜났다. 그 시간의 서울은 평소와 다르게 보였다. 같은 도시인데도, 완전히 다른 도시. 우리가 하루를 통째로 관통해서 도착한 도시.

"우리 다 같이 손잡고 들어가요."
36시간 58분, 그리고 "들어왔다".
우리는 결국 서울을 한 바퀴 돌았다. 정확히는, 서울의 끝을 손끝으로 더듬듯 따라가며 돌아왔다.

거리 160.07km
상승고도 5,551m
칼로리 11,881

완주하고 나는 주저앉았고, 또 펑펑 울었다. '해냈다'보다 '다행이다'. 다행이고, 또 다행이었다. 약속을 지킬 수 있어서 다행이었고, 도망치지 않아서 다행이었고, 나를 믿어 준 사람들 앞에서 고개를 들 수 있어서 다행이었다. 이상하게도 단 한순간도 '왜 했지?'라는 후회는 없었다. 두렵고 힘들었는데, 도전하고 있는 상태(~ing) 자체가 행복하고 설레었다. 완주하고 나서야 깨달았다. 100마일은 꿈의 거리라기보다, 꿈을 같이 들어 줄 사람을 찾는 거리였다.

우리는 보통 '멀리 가는 사람'을 대단하다고 생각하지만, 사실 멀리 가는 사람은 대부분 멈추지 않는 다리보다 기다려 주는 마음을 가진 사람들 덕분에 간다. 그리고 그 사실을 한 번 제대로 알게 되면 그다음부터는 삶이 조금 달라진다.

역시 도전은 미지의 세계를 탐험하는 맛이고, 사람들을 한마음으로 모으는 힘이자 설레는 두근거림을 간직하는 마법이다. 그날 우리는 분명 서울 둘레길이 아니라 꿈 한 바퀴를 돌았다. 그리고 이상한 자신감이 하나 생겼다.

"누군가와 함께라면 도전도, 불가능도, 그게 무엇이든 더 멀리 갈 수 있겠다."

그게 100마일이 남긴 가장 현실적인 선물이었다.

💡 100마일 완주 TIP

- 오르막은 무조건 빠르게 걷고, 평지와 내리막만 달리기

- 스틱 연습을 통해 제대로 스틱 활용하기

- 트레일러닝 조끼와 물병을 반드시 세트로 구매하기 (그렇지 않으면 달리

  며 물병이 떨어지거나 팔이 쓸린다.)

- CP에서 옷, 양말, 신발 자주 교체하고, 양치나 가글하기

- 새벽에 10분이라도 쪽잠 자기

- 코스 제대로 숙지하고, 시계 배터리 잔량 확인하기

- 레이스 일주일 전, 과도한 운동은 삼가고 잘 자고, 잘 먹기

- 카카오맵의 위치 공유 기능 사용하기

- 보고싶은 사람을 피니시라인에 두기

여기까지 데려왔어"

9대 마라톤과
별.

세계 6대 마라톤이 9대로 확장된다는 이야기를 처음 들었을 때, 나는 '아…'하고 작게 요동쳤다. 사람들이 흔히 기대하는 반응 "최연소 타이틀을 잃어서 아쉽죠?" 그쪽은 아니었다. 이미 한 번 해봤으니까. 그 단어가 내 등을 얼마나 세게 밀었는지, 또 얼마나 얕은 추억이 쌓였는지 내 몸이 먼저 알아버린 뒤였으니까. 내가 진짜로 아쉬웠던 건 다른 것이었다. 딱 잘라 말하면, 희소성. 밤하늘의 별은 '많아서' 아름답기도 하지만, 사실 더 정확히 말하면 밤하늘의 별은, 드문드문 있어야 더 반짝인다. 별이 너무 많으면 눈은 금세 적응하고, 반짝임이 배경이 된다.

6대 마라톤이 내게 그랬다. '딱 여섯 개'라는 닫힌 숫자. 그 제한이 별을 별답게 만들었다. 그래서 더 반짝였고, 그래서 더 미치게 만들었다. 나는 그 반짝임을 좋아했다. 솔직히 말하면, 좋아했다기보다 필요했다. 내 삶이 복잡해질수록 딱 여섯 개의 명확한 목표는 마음을 단순하게 해줬다. "이것만 하면 된다." "이것만 하면 증명이 된다." 그 단순함은 강력했다. 그런데 별이 늘어난다. 7대가 되고, 9대가 되고, 언젠가 12대, 15대가 될지도 모른다. 별이 늘어나는 건 좋은 일이다. 더 많은 도시가 러닝 축제를 갖게 되고, 더 많은 러너가 그 별 아래로 들어올 수 있다. 그건 분명 멋진 확장이다.

그런데 이상하게도, 내 마음 한구석이 조용히 묻는다. '별이 많아지면, 별의 반짝임이 예전 같을까?' '마음속의 반짝임도 여전할까?' 마치 어렵게 구한 한정판 신발이 다음 시즌에 일반 판매로 풀렸을 때처럼, 누구 탓도 아니고, 세상은 원래 그런 방향으로 흘러가는데도 가슴 한쪽이 잠깐 비는 감정.

사실 6대 마라톤을 '빨리' 완주하겠다고, 없는 일정을 억지로 쪼개 베를린을 1박 2일로 다녀온 적이 있다. 토요일 오전 도착하자마자 엑스포로 달려가 배번호를 받고, 다음 날 풀코스를 뛰고, 그날 저녁엔 곧장 밤 비행기에 몸을 실었다. 지도 위에서 보면 베를린을 다녀온 게 아니라, 베를린을 경유한 셈이다. 베를린의 길은 분명 아름다웠다. 그런데 나는 그 아름다움을 보는 사람이 아니었다. 나는 그 길을 '통과'하는 사람이었다. 길가의 건물도, 사람들의 표정도, 어떤 응원 문구도 깊게 들어오지 않았다. 내 눈은 오로지 '남은 거리'와 '페이스'에 붙어 있었다. 이상한 일이었다. 나는 분명 달리기를 좋아하는 사람인데, 그날의 나는 달리기를 좋아할 틈이 없었다. 좋아하기엔 너무 바빴다. 목표를 위해. 그렇게 완주를 했다.

그날도 결승선은 내게 메달을 주었고, 사람들은 서로 어깨를 두드렸다. 그런데 그 안도감은 짧았다. 왜냐하면 내 일정표는 결승선 뒤에 이미 다음 줄을 적어 두고 있었기 때문이다. '오늘 저녁 비행기.' 샤워를 하고 짐을 꾸려 공항으로 향했다. 목에 건 메달을 즐길 여유조차 없었다. 나는 베를린에 왔다가 간 게 아니라, '베를린을 통과해 버렸다'는 사실이 우스웠다. 그때 처음으로, 작지만 아주 선명한 아쉬움이 생겼다. '여행하듯 즐기지 못했구나.' '도시를 하나도 모르고 돌아가는구나.' '나는 지금, 달리기를 좋아하는 사람이 아니라, 달리기로 증명하려는 사람이구나.'

시간이 흘러 6대가 9대로, 더 많아질 수 있다는 이야기를 들었을 때, 그 아쉬움이 다시 떠올랐다. 별이 늘어난다는 건 어쩌면 내게 기회이기도 하다. 예전처럼 '딱 여섯 개'의 닫힌 하늘 아래서 숨이 막히지 않아도 된다는 뜻이니까. 하지만 동시에, 나는 알고 있다. 별이 늘어나면 별을 모으는 일은 조금 더 쉬워질 수 있지만 그 대신 더 어려워지는 것이 있다.

아쉽지만 억지로 상상을 해 봐야 할 것 같다. 언젠가 12대, 15대… 더 많은 별이 생겼을 때를. 러너들의 대화도 더 커질 것이다. "이번에 새로 들어온 그 레이스 뛰어봤어?" "너 아직 거기 안 갔어?" 그때 내 마음은 어떤 표정을 짓고 있을까. 아마 그때의 나는 지금보다 훨씬 더 '오래 달리는 사람'일 것이다. 지금은 30대 중반이지만, 시간은 순서대로 흘러가니까. 언젠가 내 무릎도, 내 햄스트링도, 내 회복도 '젊었을 때처럼' 돌아오지 않을 것이다. 그때의 나는 더 이상 별을 '수집'하는 방식으로는 달릴 수 없을지도 모른다.

그렇다면 그때의 나는 어떤 마음으로 달려야 할까. 바로 그 질문에서, 나는 결론을 얻는다. 그래서 9대 이후의 진짜 레이스는 나는 이렇게 정의하고 싶다.

'별이 늘어난다고 해도, 달리기를 좋아하는 마음을 잃지 않

는 레이스.'

다시 말해, 더 많은 메달을 얻는 레이스가 아니라 더 많은 '나'를 지키는 레이스.

달리기를 '증명'에서 '취향'으로 옮기는 레이스.
달리기를 '결과'에서 '과정'으로 옮기는 레이스.
달리기를 '빠름'에서 '지속'으로 옮기는 레이스.

나는 할머니가 되고 나서도 달리고 싶다. 행복하게 달리는 할머니. 허리도 무릎도 조금 굽었지만, 마음은 더 꼿꼿한 사람. 그때의 나는 아마 지금보다 느릴 것이다. 그런데 나는 안다. 느려지면 보이는 게 있다. 빠를 때는 놓치는 것들이 있다. 젊었을 때는 기록이 반짝였고, 나이가 들면 순간이 반짝인다. 별의 수가 아니라, 별빛을 보는 눈이 더 중요해진다.

9대 이후의 진짜 레이스는 더 많은 별을 얻는 레이스가 아니다. 별이 많아져도 반짝임을 알아보는 눈을 잃지 않는 레이스다. 그리고 그 반짝임은, 하늘에만 있는 게 아니라 내 안에도 있다. 내가 나를 함부로 몰아붙이지 않았던 날, 내가 내 몸을 지키며 멈출 줄 알았던 날, 내가 기록 대신 장면을 챙겼던 날, 그런 날의 나는 조용히 반짝인다. 언젠가 별이 수십 개가 되어도, 나는 한 가지를 놓치지 않으려고 한다. 내 발이 땅을 딛는 소리, 내 숨이 길어지는 순간, 그리고 "그래도 나는 달리는 사람이구나"라는 작고 단단한 기쁨.

그 기쁨 하나면, 별이 없어도 충분히 반짝이지 않을까.

여기까지 데려왔어"

시각장애인 。

열세 번의 풀코스를 달렸다. 국내도 있었고, 국외도 있었다. 공항 바닥에서 새벽을 맞이한 레이스도 있었고, 낯선 도시의 응원 속을 헤엄치듯 지나간 날들도 있었다. 보통 사람들은 이런 질문을 던진다.

"가장 기억에 남는 마라톤이 뭐예요?"

대부분은 해외 대회 이름을 기대한다. 뉴욕, 보스턴, 베를린 같은 이름들. 나도 그런 이름들을 꺼내면 이야기하기가 쉽다. 도시의 풍경, 사람들의 열기, 메달의 무게. 말만 해도 그림이 생긴다. 그런데 이상하게, 내 마음이 가장 먼저 떠올리는 건 해외가 아니다. 의외로 한국에서 달렸던 어느 풀코스다. 그것도 기록이 좋았던 대회도 아니고, 코스가 특별히 아름다웠던 대회도 아니다. 그날 나에게 특별했던 건, 옆에 누가 있었는지였다.

열세 번의 풀코스 중, 앞의 열두 번은 전부 나를 위한 대회였다. 내 기록을 위해, 내 도전을 위해, 내 자존심을 위해, 내 목표를 위해. 그건 나쁘지 않다. 달리기는 원래 그런 성격을 갖고 있다. 누군가를 이기려는 게 아니라, 어제의 나를 이기려는 게임. 그래서 우리는 자꾸 자기 안으로 파고든다. 그런데 그날의 풀코스는 달랐다. 그날의 나는 내 목표가 아니라, 누군가의 목표 옆에 서 있었다. 아버지와 비슷한 연세의 시각장애인 마라토너분과 함께 동반주자를 약속한 날이었다.

시각장애인 마라토너분과 함께 풀코스를 완주하기로 했을 때, 처음 생각은 단순했다. '맞춰 달리면 되지.', '내 페이스 조금 조절하면 되겠지.' 그런데 같이 연습을 시작하자마자 알았다. 이건 속도를 맞추는 일이 아니었다. 호흡을 맞추는 일이었다. 더 정확히는 사람을 맞추는 일이었다.

몇 달 동안 우리는 함께 달렸다. 같은 시간대에 만나고, 같은 코스를 돌고, 같은 거리 표지 앞에서 숨을 고르고, 같은 오르막에서 말수가 줄어들었다. 눈이 보이지 않는 사람과 달릴 때는 말이 단순한 수다가 아니라 길이 된다. "앞에 턱 있어요." "좌측에 물웅덩이요." "지금 약간 내리막이에요, 속도 자연스럽게 올라갈 수 있어요." "바람이 정면이에요. 여기만 지나면 다시 편해져요."라고 말하면 그는 "오케이, 감사합니다!"라고 답했다.

달리기 문장이라기보다 동행의 문장이었다. 그분도 나를 맞췄다. 내 리듬이 급해질 때면 숨을 조금 더 길게 내쉬며 나를 진정시키는 듯했고, 내 말투가 짧아질 때면 "괜찮죠?" 하고 되물었다. 그 한마디에 내가 먼저 정신을 차렸다. 우리는 서로를 끌지 않았다. 대신 서로의 중심이 흔들리지 않게 옆에서 붙잡아 주는 연습을 했다. 연습을 하다 보면 재미있는 순간이 온다. 몸이 친해지는 순간이 아니라, 마음이 친해지는 순간. 둘이 동시에 같은 생각을 하는 듯한 순간. 예를 들면, 같은 구간에서 동시에 웃는다. 같은 구간에서 동시에 말이 없어진다. 같은 구간에서 동시에 '오늘은 여기서 멈추자'는 결론에 도착한다. 그럴 때마다 나는 생각했다. 아, 이건 대회 준비가 아니라 사람을 준비하는 시간이구나. 그러니까 그 풀코스는 이미 대회 당일 전에 시작되어 있었다. 피니시라인이 아니라, 몇 달 전의 '첫 만남'에서부터. 그리고 마침내 대회 날이 왔다.

대회장의 아침은 늘 어설프게 설렌다. 공기는 차갑고, 사람들은 들떠 있고, 운동화 끈을 조이는 손끝은 괜히 바쁘다. 그런데 그날의 나는 다른 의미로 긴장했다. 오늘 나는 내 기록을 달리는 사람이 아니라, 우리의 기록을 지키는 사람이었으니까. 출발선에 서서 우리는 서로 확인했다.

"오늘도 해 봅시다."

말은 평범했는데, 그 안에 몇 달이 들어 있었다. 비 오는 날 연습하던 기억, 바람이 세서 말이 잘 들리지 않던 날, 어깨가 부딪혀서 서로 사과하던 날, '그래도 다음엔 더 좋아질 거예요'라고 서로를 달래던 날들. 출발 신호가 울리고, 우리는 움직였다. 사람들 사이를 헤치고 나가며 나는 더 자주 주변을 봤다. 길의 표정, 사람들의 흐름, 코스의 숨겨진 굴곡. 내 눈은 풍경을 즐기는 눈이 아니라, 안전을 만드는 눈이었다.

초반은 늘 쉽다. 쉽다는 착각이 사람을 경쾌하게 만든다. 하지만 그날의 나는 초반의 경쾌함을 즐기기보다, 계속 체크했다. "괜찮으세요?" "호흡 어때요?" "지금 리듬 좋아요, 그대로요." 이 말들은 그분을 위한 말이기도 했지만, 사실은 나를 위한 말이기도 했다. 내가 흔들리지 않기 위해 하는 말. 우리가 흔들리지 않기 위해 하는 말. 중간쯤 지나면서부터는 내 역할이 더 명확해졌다. 나는 주머니 속 에너지젤의 위치를 계속 확인했다. 그분이 필요할 때 바로 꺼낼 수 있게. 처음엔 드실 때 나도 같이 먹어야지 생각했는데, 막상 달리기 시작하니 상황이 달랐다. 급수대가 나올 때마다 나는 손을 더 바쁘게 움직였다. 컵을 잡고, 그분 손에 정확히 닿게 하고, 흐르지 않게 각도를 맞추고, 버릴 때 넘어지지 않게 동선을 살피고. 에너지젤도 마찬가지였다. 뜯어 주고, 건네고, 먹는 리듬이 깨지지 않게 옆에서 속도를 유지하고.

그렇게 '다른 사람을 먹이고 마시게 하는 달리기'를 하다 보면 신기한 일이 벌어진다. 내가 뭘 했는지 나도 잊는다. 정말로 잊는다. 나는 그날, 물 한 모금도 못 마시고 에너지젤 한 입도 못 먹었다. 그런데 그걸 달리는 동안에는 전혀 몰랐다. 배가 고프지 않았고, 목이 마르지도 않았다. 정확히 말하면 배고픔과 목마름이 들어올 틈이 없었다. 내 몸의 감각이 전부 '우리의 리듬'에 붙어 있었기 때문이다. 그리고 이상하게도, 힘이 났다. 어디서 힘이 났는지 모르겠다. 누가 내 등을 밀어 주는 것도 아니고, 하늘에서 에너지가 떨어지는 것도 아닌데, 그냥 계속 힘이 났다. 아마 그건 '나를 위한 힘'이 아니라, 누군가의 목표에 내 발걸음이 연결되어 있을 때 생기는 힘이었을지도 모른다.

여기까지 데려왔어"

사람은 자기만을 위해 달릴 때도 강해지지만, 누군가를 위해 달릴 때는 전혀 다른 종류의 강함이 생긴다. 덜 드러내고, 덜 요란하고, 대신 오래 버틴다. 기록이 아니라 책임감에서 나오는 힘. 그 힘은 근육보다 조용하지만, 근육보다 끈질기다.

피니시라인이 눈앞에 보이자 울컥거리는 울림이 너무 커서, 소리조차 나오지 않았다. 환호도, 울음도, "해냈어요!"도. 그 어떤 문장도 그 순간을 설명할 수 없어서, 목구멍이 그냥 잠겼다. 말이 사라지자, 다른 것들이 더 크게 들렸다. 우리의 발소리. 그분의 숨. 내 숨. 결승선을 통과하는 순간의 바닥 감촉. 그리고 사람들의 박수 소리. 아마 그분은 내가 나의 모든 감각으로 느꼈던 것보다 더 많은 것을 느끼셨겠지.

우리는 피니시라인을 통과했다. 그분이 숨을 크게 내쉬었다. 그 숨을 듣는 순간, 정말로 그제야 깨달았다. 나는 내 성취가 아니라, 그분의 완주를 함께 완성하는 한 조각이 되어 있었다. 내가 그분을 끌어 준 것도 아니고, 그분이 나를 끌어 준 것도 아니다. 그냥 우리는 같은 방향으로 가고 있었다. 같은 결승선을 향해, 같은 거리 위에서, 서로의 리듬을 맞추며. 그게 내 마음을 건드렸다. 내가 열심히 달리면 내 기록이 좋아지는 건 당연하다. 그러나 내가 열심히 달리면 누군가의 꿈이 조금 더 가까워지는 경험은 흔치 않다. 마라톤은 늘 '혼자'의 스포츠라고들 말한다. 결국 뛰는 건 자기 다리니까. 하지만 그날의 나는 알았다. 마라톤은 때때로 '혼자'가 아니라 '함께'의 스포츠가 될 수 있다는 걸.

누군가의 목표를 위해 발걸음을 맞춘다는 건, 생각보다 많은 걸 바꾼다. 나의 욕심을 줄이게 하고, 내 페이스를 낮추게 하고, 내 말을 고르게 하고, 내 시선을 넓게 한다. 달리기가 갑자기 '나를 증명하는 도구'가 아니라 '누군가를 지켜주는 시간'이 된다.

그때 나는 처음으로 깨달았다. 달리기의 가치가 기록에만 있는 게 아니라, 관계에도 있다는 걸. 결승선이 가까워질수록 응원 소리가 더 커졌다. 그 소리는 늘 똑같이 "파이팅!"이었지만, 그날의 "파이팅"은 유난히 크게 들렸다. 왜냐면 내가 그 응원을 혼자 받는 게 아니라 옆 사람과 함께 받고 있었기 때문이다. 그분과 함께한 풀코스가 내게 준 건 기록이 아니라 시선이었다. 나만 보던 시선이 조금 옆으로 이동하는 경험. 내가 하는 일을 '나'라는 울타리 밖에서도 의미 있게 만드는 경험.

살다 보면 우리는 계속 '내 목표'를 세운다. 내 커리어, 내 성과, 내 계획, 내 성공. 그것들이 나를 성장시키긴 한다. 하지만 인생을 크게 보면, 진짜 오래 남는 장면은 종종 이런 것이다. 누군가의 꿈에 내 땀이 섞인 날.

그날 이후로 나는 가끔 러닝을 이렇게 생각한다. 내가 달릴 수 있는 날은 내 몸이 허락한 날이기도 하지만, 누군가에게 내 속도를 나눠 줄 수 있는 날일 수도 있다고. 그리고 그런 날이 일 년에 한 번만 있어도 그 한 번은 열세 번의 완주보다 더 오래 마음에 남는다. 왜냐면 그건 '내가 해냈다'가 아니라 '우리가 함께 왔다'의 기억이니까.

그 후로 달리기를 조금 다르게 보게 됐다. 달리기가 내 자존심을 세워 주는 날도 있지만, 달리기가 내 자존심을 내려놓게 만드는 날도 있다. 그날은 확실히 후자였다. 그리고 이상하게도, 내려놓는 쪽이 더 오래 남았다. 메달보다 오래 남았고, 기록보다 오래 남았다. 손을 잡고 피니시라인을 통과하던. 그리고 그날의 울컥함을 기억하는 한, 나는 앞으로도 달리기를 조금 더 넓게 사랑할 수 있을 것 같다.

언젠가 달릴 수 없게 된다고 해도 。

"너는 안 돼."
"너는 결국 멈출 거야."
"너는 오래 못 가."

달리기는 원래 그런 사람을 위한 운동이다. 잘하는 사람만을 위한 게 아니다. 오히려 잘 못하는 사람에게 더 많은 것을 준다. 숨이 차서, 마음이 들켜서, 결국 진짜 내가 나와버리니까. 나는 가끔 상상한다. 정말 언젠가, 내가 달릴 수 없게 되는 날이 오면 어떡하지. 나이가 들어서일 수도 있고, 몸이 허락하지 않아서일 수도 있고, 어떤 상실이 나를 앉혀버릴 수도 있다.

그날이 오면 나는 어떤 사람이 될까. 예전엔 그 상상이 무서워서 잊기 위해 뛰었다. 이제는 그 상상이 있어도 뛴다. 무서워서 뛰는 건, 결국 무서움이 내 운전대를 잡는 거니까. 나는 내가 운전하고 싶다. 그래서 나는 이렇게 결론을 내렸다.

언젠가 달릴 수 없게 된다고 해도, 내 안에 남아야 하는 것은 '속도'가 아니라 '리듬'이다. 리듬은 달리기만의 것이 아니다. 리듬은 삶 전체의 태도다. 힘들어도 한 번 더 숨 쉬는 태도. 넘어져도 바닥을 한 번 짚고 다시 일어나는 태도. 슬퍼도 하루를 통과하는 태도. 그 태도를 나는 달리기에서 배웠다. 그러니 달리기를 하지 않는 사람에게도, 이 이야기가 같은 방향으로 닿았으면 좋겠다.

달리기는 늘 '지금'으로 나를 끌어당긴다. 왼발. 오늘발. 숨. 바람. 땅. 이 단순한 반복이, 내가 망가뜨려놓은 하루를 조금씩 다시 조립한다. 달리기는 '더 강해지는 일'이기도 하지만, 더 정확히는 '더 약해져도 괜찮아지는 일'이었다. 예전엔 달리면 모든 걸 이길 수 있을 것 같았다. 지금은 안다. 달리기는 이기는 일이 아니라, 견디는 일에 가깝다. 그리고 견디는 일은 늘 우아하지 않다. 자주 구차하고, 자주 지저분하고, 자주 마음이 꼬인다. 그래도 계속한다.

계속하는 사람만이 알게 되는 어떤 감각이 있다. '오늘은 어제보다 조금 덜 무섭다' 같은 감각. 러닝을 오래 한 사람들은 안다. 우리의 가장 큰 적은 '느림'이 아니라 '멈춤'이다. 그 멈춤은 다리에서 시작되지 않는다. 마음에서 시작된다. "어차피 언젠가 못 뛸 텐데." 그 말이 입에 붙는 순간부터, 사람은 조금씩 멈춘다. 그리고 어느 날, 그 '언젠가'가 오늘이 되어버리면, 우리는 그때서야 깨닫는다.

아, 내가 미리 슬퍼했구나.
아, 내가 미리 포기했구나.

그러니까 나는 나에게 이렇게 조용히 말하고 싶다.
"미리 포기하지 말자."
"언젠가를 오늘에 들여놓지 말자."

달리기에는 이상한 장면이 있다. 뛰다 보면 어느 순간 내가 나를 앞지르는 느낌이 든다. 몸은 아직 여기 있는데, 마음이 먼저 앞으로 나가 있는 순간. 그때 나는 내 안의 두려움을 스쳐 지나간다. 두려움은 늘 같은 자리에서 나를 붙잡으려 한다.

당신이 달리기 싫어하는 이유를 나는 안다. 숨이 차는 게

여기까지 데려왔어"

싫다. 땀이 나는 게 싫다. 남들 눈이 신경 쓰인다. 내 몸이 초라해 보일까 봐 싫다. 처음부터 잘하지 못할까 봐 싫다. 그런데 그건 달리기를 싫어하는 이유가 아닐 수도 있다. 진짜로는 달리기가 당신을 정직하게 만들기 때문일 수도 있다.

달리면 내가 보인다. 숨이 차면 핑계가 줄어든다. 땀이 나면 감정도 흐른다. 그리고 그 흐름은 이상하게도 사람을 가볍게 만든다. 그러니까, 정말 딱 한 번. 오늘이 아니라도 좋다. 내일도 아니어도 좋다. 하지만 어느 날, 마음이 유난히 무거운 날에, 현관문을 열고, 딱 10분만 나가 보면 좋겠다. 뛰지 않아도 된다. 걸어도 된다. 그저 바람을 한번 맞아보면 된다. 바람은 생각보다 친절하다. 사람의 마음을 정리해 주지는 않지만, 적어도 마음 위에 쌓인 먼지를 조금 털어 준다. 그리고 이상하게도, 그 10분이 끝나면 당신은 알게 될 거다.

아, 나는 지금도 움직일 수 있구나.
아, 나는 아직 선택할 수 있구나.

달리기는 거창한 결심이 아니라, 내가 나를 놓지 않는 방식이다. 현관으로 돌아와 신발을 벗는다. 발바닥이 뜨겁다. 그 뜨거움이 좋다. 살아 있다는 건 대개 뜨거움으로 온다. 온기. 나는 신발을 가지런히 놓고, 끈을 풀어 둔다. 내일을 위해서가 아니라 오늘의 나에게 예의를 갖추기 위해서. 그리고 마지막으로 이렇게 말한다. 누구에게 말하는지 나도 모른 채로. 어쩌면 미래의 나에게, 어쩌면 지금 이 문장을 읽고 있는 당신에게.

언젠가 달릴 수 없게 된다고 해도,
오늘의 나는 달릴 수 있다.
그러니까 오늘, 딱 한 발만.
그 한 발이
당신을 살릴지도 모르니까.

언젠가 달릴 수 없게 된다 해도

초판 1쇄 인쇄 2026년 03월 26일
초판 1쇄 발행 2026년 04월 13일

지은이 안정은
펴낸이 이범상
펴낸곳 (주)비전비엔피 · 애플북스

책임편집 한윤지
기획편집 차재호 김승희 김혜경 박성아
디자인 김혜림 이민선 인주영 이윤호
마케팅 이성호 이병준 문세희 이유빈
전자책 김희정 안상희 김낙기
관리 이다정
인쇄 새한문화사

주소 우) 04034 서울특별시 마포구 잔다리로 7길 12 (서교동)
전화 02) 338-2411 | **팩스** 02) 338-2413
홈페이지 www.visionbp.co.kr
인스타그램 www.instagram.com/visionbnp
이메일 visioncorea@naver.com
원고투고 editor@visionbp.co.kr

등록번호 제313-2007-000012호

ISBN 979-11-24471-00-5 03810